LE SOLIMAN

TRAGI-COMEDIE.

A PARIS,
Chez TOVSSAINCT QVINET, au Palais, dans la petite salle, sous la montee de la Cour des Aydes.

M. DC. XXXVII.
AVEC PRIVILEGE DV ROY.

ARGVMENT
POVR LE SOLYMAN.

PErsine, fille de Tamas, Roy de Perse, conduisant contre les Scythes, sous vn habillement de guerrier, vne bonne partie de l'armée de son Pere, feit vn iour rencontre de Mustapha fils de Soliman, Empereur des Turcs, dont elle deuint si passionnée, & luy d'elle, qu'ils s'entredonnerent la foy de mariage; Or ayant esté separez l'vn de l'autre, & Persine ayant sçeu que Mustapha deuoit arriuer en Alep, où Soliman l'attendoit pour le faire Chef d'vne puissante armée contre les Perses: Persine trop impatiente en ses amours y vint deguisée & accompagnée seulement d'vn Vieillard nommé Aluante, à qui elle auoit fait accroire qu'elle se déroboit de son païs pour espier les desseins & les forces des ennemis: Aluante la presse de s'en retourner de peur qu'elle ne soit surprise, & afin que le Roy son Pere soit auerty de la guerre qu'on luy prepare: Persine luy declare le vray sujet de son voyage, dont Aluante s'estonne, luy fait des remonstrances, & n'auançant rien par là, il a recours à la ruse, trompe Persine, fait semblant d'estre touché de ses amours, & de l'y vouloir seruir: Persine luy dóne donc vne lettre à porter à Mustapha; Aluante la déchire par dépit, & dit à Persine, que Mustapha l'a mise en piece, se mocque d'elle, & ne se souuient plus de sa foy: Persine desesperée s'expose au milieu des ennemis pour y trouuer la mort, des soldats s'en saisissent & l'ameinent en qualité d'espion deuant Soliman. Aluante suruient, qui pour la retirer du trépas dont elle estoit menacée, découure qu'elle est la fille du Roy de Perse, & de plus promise à Mustapha. Soliman qui conceuoit desia de grandes desfiances de ce Fils, par les menées de la Reine qui regardoit Mustapha d'vn œil de marastre, ainsi qu'elle pésoit l'estre en effet, & par les menées aussi de Rustan gendre de Soliman, dans l'esprit duquel l'vn & l'autre faisoient passer pour criminelles les plus innocentes actions de Mustapha, comme de luy persuader que ce genereux fils auoit intelligence auec le Roy de Perse, pour auoir demeuré quelque temps en ses terres, ce qui luy venoit d'estre confirmé par vne lettre que Rustan auoit contrefaite, & qu'il feignoit auoir esté enuoyée secrettement à Mustapha par le Roy de Perse: Soliman, dis-je, estant preuenu de ces soubçons, & apprenant de nouueau d'Aluante que Persine estoit promise à son fils sans son consentement, creut aysément tout ce qu'on imposoit à Mustapha. Il entre donc en furie, & fait condamner & conduire ces deux Amants au supplice: Ce que voyant Ormene, pere Nourricier de Mustapha, il va trouuer la Reine, & pour sauuer la vie à Mustapha, dont il sçauoit bien que le plus grand crime estoit d'estre le fils bien-aymé de Soliman, il declare franchement que Mustapha ne pouuoit rien pretendre à la Couronne, & qu'il n'estoit pas de naissance Royale (ainsi le croyoit-il) & comme il raconte quand, comment, & d'où il l'auoit eu: La Reine descouure que ce Mustapha est son propre fils, & celuy qu'elle auoit autrefois eu de Soliman mesme, & qu'elle auoit esté obligée d'esloigner d'aupres d'elle pour le soustraire aux embusches d'vne autre Sultane qui possedoit alors entierement l'esprit de Soliman. Ayant donc commandé qu'on retardast le supplice, elle court se jetter aux pieds de Soliman, demande la grace de Mustapha, à la ruïne duquel elle declare que Rustan la poussée de trauailler iniustemét. Rustan voyant sa malice découuerte se tuë de desespoir, apres sa mort on reconnoist la fausseté de la lettre qu'il auoit supposee, enfin l'innocence de Mustapha estant auerée tant à lendroit de Soliman,qu'à l'endroit de Persine, aupres de laquelle Aluante quoy que sans mauuaise intention,auoit entrepris de le mettre mal : L'Ambassadeur de Perse arriue: à ses propositions Soliman donne les mains, la paix se conclud entre le Roy de Perse & le grand Seigneur, & le mariage entre Mustapha & Persine.

Priuilege du Roy.

LOVIS par la grace de Dieu Roy de France & de Nauarre, A nos amez & feaux les gens tenans nos Cours de Parlement, Baillifs, Seneschaux, Preuosts, Iuges, ou leurs Lieutenans, & à chacun d'eux en droict soy, Salut. Nostre cher & bien-amé *Toussainct Quinet*, Marchand Libraire, nous a fait remonstrer, qu'il desireroit imprimer & mettre en lumiere vne Tragi-Comedie, intitulée, *Le Soliman*, mais craignant que l'Impression ne luy soit dommageable si d'autres que luy s'ingeroient de le faire imprimer, il nous a requis nos Lettres sur ce necessaires. A ces causes, Nous auons permis, & octroyé, permettons & octroyons audit *Quinet* d'imprimer ou faire imprimer ladite Tragi-Comedie, par tels Imprimeurs que bon luy semblera, icelle vendre & exposer durant le temps de sept années, pendant lequel temps nous auons fait & faisons tres-expresses inhibitions & deffenses à tous autres Libraires & Imprimeurs de la faire Imprimer, vendre, ny debiter, sur peine de perte des exemplaires, & de cinq cens liures d'amende, despens, dommages & interests. Et afin qu'ils n'en pretendent cause d'ignorance, Nous voulons qu'en faisant mettre en fin des exemplaires autant des presentes, elles soient tenuës pour certifiées. A la charge toutesfois de mettre deux exemplaires de ladite Tragi-Comedie dans nostre Biblioteque des Cordeliers à Paris, & vn exemplaire d'icelle és mains de nostre amé & feal Cheualier Chancelier Garde des Seaux de France, le sieur Seguier Dautruy. Car tel est nostre plaisir. Donné à Paris le vingt-septiesme iour de Feurier, l'an de grace, mil six cens trente-sept. Et de nostre regne le vingt-septiesme. Par le Roy en son Conseil, PETIT. Et scellé du grand seau de cire jaune.

Acheué d'imprimer le 30. Iuin 1637.

LES ACTEVRS.

SOLIMAN.	Roy de Thrace.
RVSTAN.	Gendre de Soliman.
ACMAT.	Conſeiller.
OSMAN.	Gentil-homme de Ruſtan.
PERSINE.	Fille du Roy de Perſe deguiſée en garçon, amoureuſe de Muſtapha.
ALVANTE.	Pere Nourricier de Perſine.
LA REYNE.	Femme de Soliman.
SELINE.	Confidente de la Reyne.
MVSTAPHA.	Fils de Soliman.
SOLDATS.	De la garde de Soliman.
ORMENE.	Pere Nourricier de Muſtapha.
ADRASTE.	Lieutenant de Muſtapha.
MESSAGER.	
DEVIN.	
GENTIL-HOMME DE SOLIMAN.	
L'AMBASSADEVR DE PERSE.	

La Scene eſt en Alep, ville de Syrie.

LE SOLIMAN. TRAGI-COMEDIE.

ACTE PREMIER.

Scene premiere.

SOLIMAN. ACMAT. RUSTAN.

SOLIMAN.

MOY qui me figurois que iusques dans Bizance,
Ils viendroient à mes pieds implorer ma Clemence;
Me voicy dans Alep; & ces fiers ennemis
Ne se sont pas encore à mon pouuoir soubmis!

O Dieu quelle fureur ! quel orgueil ! quelle audace !
Les Perses resister au grand Seigneur de Trace !
Ont-ils donc oublié que nos moindres efforts,
Ont mille fois couuert leurs campagnes de morts?
Veulent-ils derechef tenter vne fortune
Qui leur prepare à tous vne cheute commune?
Car (asseurez-vous-en) nos bras victorieux
Perdront de ces mutins l'Empire glorieux:
Le Ciel qui dés-long-temps medite leur ruine,
A si belle entreprise auiourd'huy me destine.
Obeyssons luy donc, & tous ayez pour moy
Dans le cœur, le courage, & dans l'ame, la foy.

ACMAT.

Grand Roy, nous attendons la fin de cét ouurage,
Moins du Ciel, ou du Sort, que de vostre courage:
Et nous suiurons les pas de vostre Maiesté,
Le cœur remply d'ardeur & de fidelité.

RVSTAN.

Commandez seulement, & vous pourrez connestre,
De quel zele Rustan est porté pour son Maistre:
Au moindre signe d'œil, i'iray, Sire, pour vous
M'exposer hardiment à la fureur des coups.

Ah que n'est la iournée & l'heure desia preste,
Où nous deuons auoir nos ennemis en teste!
Car alors ie mourray d'vn glorieux trespas,
Ou vous apporteray la teste de Tamas.

ACMAT.

Que sert de faire au Roy cét offre temeraire?
Le propre d'vn guerrier c'est d'agir & se taire.

RVSTAN.

Qu'inferes-tu de là?

SOLIMAN.

Silence, taisez-vous.
Ie connois le merite & la valeur de tous.
Mais allons, que du camp la place soit choisie,
Attendant que mon fils arriue d'Amasie.

RVSTAN tout bas.

Que puisse-t'il plustost estre priué du iour,
Seigneur, la Reyne attend que ie sois de retour,
Ie la vay retreuuer si i'en obtiens licence.

SOLIMAN.

Allez.

SCENE DEVXIESME.

SOLIMAN. OSMAN. ACMAT.

SOLIMAN.

IE vois Osman qui deuers moy s'auance,
Il reuient d'Amasie, & rapporte joyeux,
Des nouuelles qu'on lit desià dedans ses yeux.

OSMAN.

Inuincible Seigneur, Roy le plus grand du monde,
Qu'ainsi tousiours le Sort à vos souhaits responde:
Ce fils de qui la gloire a l'vniuers rauy,
Le braue Mustapha, de cent Princes suiuy,
Arriue dans Alep.

Osman estoit du party de Rustan, & loüe Mustapha pour le rendre suspect à Soliman.

ACMAT.

O nouuelle agreable!

SOLIMAN.

Et qui remplit mon cœur d'vne joye incroyable.
A ce conte ses soins furent bien diligens!
Comment a-t'il si tost ramassé tant de gens?

OSMAN.

Le ſeul bruit de ſon nom & de ſa renommée,
Pourroit en moins de temps leuer toute vne armée,
L'eſclat de ſa valeur ſans exemple & ſans pris
Eſt l'attrait & l'aymant des cœurs & des eſprits.

ACMAT.

Que i'ayme ſes vertus, & qu'on me parle d'elles;
La ſe fonde l'eſpoir des Miniſtres fidelles!
Mais, Sire nous deuons quant & quant auoüer,
Que loüer Muſtapha c'eſt auſſi vous loüer:
Vn ruiſſeau clair & net nous fait veoir en ſa courſe,
Qu'il a tiré ſon eau d'vne plus viue ſource.

SOLIMAN.

Retournons ſur nos pas, afin de receuoir
Ce fils qui fait par tout éclatter mon pouuoir.

ACMAT.

Sire, continuez voſtre premier voyage,
Et receuez au camp ce fils plein de courage;
Il l'a bien merité, l'honneur qui ſemble deu
Pouſſe à faire encor mieux alors qu'il eſt rendu.

Puis vous sçauez qu'il vient accompagné de Princes,
Qui ne sont point sujets aux loix de vos prouinces,
Si bien que vous pouuez sans vous faire aucun tort,
Les accueillir au camp, dés leur premier abord.
Rien ne peut dans la guerre exciter le courage,
Comme vn Prince qui monstre vn gracieux visage,
Et les moindres regards dont il flate nos sens,
Pour faire aimer la mort, ont des charmes puissans.

SOLIMAN.

Ce que tu dis, Acmat, ne souffre point de doute,
C'est pourquoy poursuiuons nostre premiere route.
Toy, vas dire à Rustan qu'il s'en vienne apres moy
Si tost qu'il aura sceu ces nouuelles de toy:
Cours & fais promptement ce que ie te commande.

OSMAN.

Que ne fais-je aussi-bien ce que Rustan demande,
Dont ie viens d'obseruer, comme j'ay tousiours fait,
Les preceptes & l'art, peut-estre auec effet;
Car quoy que le Roy feigne, on tient cette maxime,
Qu'vn vieux Roy, de son fils, hait la trop grãde estime.

SCENE TROISIESME.

PERSINE, ALVANTE.

PERSINE.

D'Où l'as-tu donc appris?

ALVANTE.

C'est le bruit de la Cour,
Et puis que Soliman n'attend que son retour,
Pour venir fondre en Perse & nous faire la guerre,
Madame, treuuez bon de quitter cette terre.
Retournons vers Tamas luy faire tout sçauoir,
Afin qu'en diligence il y puisse pouruoir.

PERSINE.

Mais si, comme tu dis, dans peu le fils de Thrace,
Doit faire voir icy ses gens & leur audace,
Faut-il m'en retourner sans auoir aujourd'huy
Jugé de la valeur de ses gens & de luy?
Faisant vne action si fort deraisonnable,
Je perds de mon dessein l'effet le plus loüable;

Et rends ma hardiesse & ce deguisement,
Au lieu d'estre loüez, dignes de chastiment.

ALVANTE.

Les soldats que le Prince ameine en cette ville,
Si i'ay bien entendu, sont à peine dix mille:
Dans vn nombre de gens petit comme le leur,
Que peut-on remarquer d'audace & de valeur?
Mais ce qui me fait peur, c'est la puissante armée,
Et depuis si long-temps à vaincre accoustumée,
Que suiuant vostre aduis, i'espiois ce matin,
Et qui va de la Perse acheuer le destin.
Partons donc tout à l'heure, afin que vostre Pere
Ait le temps d'auiser à ce qu'il faudra faire.

PERSINE.

Aluante, attends encor.

ALVANTE.

Ce seroit vous trahir:
En tout autre sujet ie suis prest d'obeïr:
Quelle necessité vous oblige à cette heure
A vouloir faire icy de plus longue demeure?
Ah! retournons Persine, & si le Sort heureux

A suiuy iusqu'icy vos desseins genereux.
Songez qu'il peut tourner ce visage agreable,
Et que son naturel c'est d'estre variable;
Car si l'on nous descouure, hé bon Dieu! quelle main
Vous pourra retirer de ce peuple inhumain.

PERSINE.

Mais si ie pars, ie cours fortune de la vie.

ALVANTE.

Hé par qui, hors d'icy, peut-elle estre rauie?
Dieu comme elle se trouble, ah! Madame parlez;
Et que ie sçache au vray ce que vous me celez.

PERSINE.

Oüy, la foy, qui depuis que m'esleua ta femme,
S'est fait voir à mes yeux si pure dans ton ame,
A bien, mon cher Aluante*, auiourd'huy merité,*
Que tu sçaches de moy toute la verité;
Apprends que le subjet qui me tira d'Arsace,
Ne fut pas d'espier les desseins de la Torace:
Mais qu'vn beaucoup plus noble & plus fort mouuemẽt
M'a fait venir icy sous cét habillement;
Vn mouuement d'amour, que tu croiois de hayne.

ALVANTE.

Vn mouuement d'amour, est celuy qui vous meine?
Et pour qui?

PERSINE.

Pour celuy qu'on attend auiourd'huy.

ALVANTE.

Vous auez de l'amour pour Mustapha?

PERSINE.

Pour luy.

ALVANTE.

Helas! qu'ay-ie entendu, quelle est vostre pensee?
Et depuis quand vostre ame est elle ainsi blessee?

PERSINE.

Le Soleil a desia deux fois dedans les Cieux,
Rallumé le courroux du Lion furieux,
Depuis le iour fatal que l'amoureuse flame
Passa dedans mes yeux pour consommer mon ame.
De te dire à present d'où s'alluma ce feu,
Ou comment ie fus prise, il importe fort peu:

Aluante sois content de sçauoir que ie l'ayme,
Et que s'il l'en faut croire, il me cherit de mesme.
Si bien que pour donner à ce cœur langoureux,
Le doux soulagement d'vn regard amoureux,
Et sçachant en ce lieu son heureuse venuë,
I'y vins auec toy seul, & sans estre connuë;
C'est donc luy que i'attends, luy dont ie veux tirer,
Les effets de la foy qu'il m'a voulu iurer:
Car mon tourment s'accroist plus l'Hymen se differe,
Et plus l'Hymen retarde, & plus i'en desespere.
C'est Aluante en vn mot ce que ie me promets,
Et voilà, tu connois mon secret desormais.

ALVANTE.

O fille sans esprit! pardonnez moy Madame
L'excez d'affection qui me transporte l'ame:
Par qui vous estes vous laissée ainsi charmer?
Quelle amour est-ce là? quelle façon d'aimer?
Pouuez vous voir ainsi vostre gloire fletrie
Et violer la foy deuë à vostre patrie?
Suiuez vous deguisée, auec tant de fureur,
Vn ennemy qui n'a pour vous que de l'horreur?
Sçauez vous pas qu'ils ont en ce païs infame,
Le serment dans la bouche & le parjure en l'ame?

Ainsi tout glorieux de vous manquer de foy,
Il ira triomphant de la fille d'vn Roy!
Pouuez vous donc souffrir cette infamie extresme,
D'aller de vostre honneur luy faire offre vous mesme?
Vous mesme à vostre honneur en vain & sans raison,
Vous ferez sans rougir si lâche trahison?

PERSINE.

Que cela desormais, amy, ne te soucie,
Ie reconnois ton zele & ie t'en remercie:
I'approuue tes raisons, i'approuue ta bonté,
Mais ie ne sçaurois plus changer de volonté:
L'Amour me le deffend, & me donne asseurance,
Que ce Prince mieux né sera plein de constance:
Car si des Caualiers gardent si bien leur foy,
Que doit faire celuy dont ils prennent la loy?

ALVANTE.

Ie veux qu'il soit fidelle, & plein de courtoisie.
Auiourd'huy que son pere auec toute l'Asie,
Au milieu de la guerre est en sa Maiesté,
Et par tout l'Vniuers se void si redouté,
Sans craindre le succez de son outrecuidance,
Ozera-t'il traiter d'vne telle alliance?

Non, ne le croyez pas : changez donc de dessein,
Et voyez mes raisons d'vn iugement plus sain :
Car Madame, escoutez encore vne parole,
Si vous n'abandonnez cette entreprise fole,
Ou ne la reseruez à quelque temps meilleur ;
Puissé-je estre trompé, ie vous predis mal-heur.

PERSINE.

Toutes sortes de maux me seront agreables,
Et les tourmens d'Amour sont bien moins tolerables.

ALVANTE.

On vient. Fuyons ; le Ciel releue ta vertu !

PERSINE.

Helas de trop d'ennuys mon cœur est abbatu.

SCENE QVATRIESME.

LA REINE. SELINE.

LA REINE.

I'Ignore en quel endroit mon pié douteux me guide ;
Au trouble des pensers qui me rendent timide.

SELINE.

Ceux qui renferment mieux leurs pensers au dedans,
Sont Madame, à la Cour tenus les plus prudens:
C'est pourquoy ie voudrois, qu'auecques plus d'adresse,
Vous retinßiez couuert le tourment qui vous presse,
Moderez vostre plainte, vsez d'vn doux accueil,
Enuers cét ennemy, bouffi de tant d'orgueil:
Enfin n'oubliez rien qui vous rende croiable,
Alors qu'aupres du Roy vous le rendrez coupable.

LA REYNE.

Hé comment receuoir auec vn doux accueil,
Vn qui mettra mon fils, & moy-mesme au cercueil?
Comment ayant le cœur en guerre, & dans l'orage,
Montreray-je la paix, & le calme au visage?

SELINE.

Mais vostre inimitié du moins se doit cacher,
Voiant que Soliman l'ayme & le tient si cher;
Feignez de luy porter vne amitié semblable,
Vous en serez au Roy d'autant plus agreable,
Et par là vos discours auront plus de credit,
Plus on ayme quelqu'vn, plus on croit ce qu'il dit.

LA REYNE.

Ha! Seline, vn temps fut que ie pouuois bien croire
Que le Roy m'esleuoit à ce degré de gloire :
Mais maintenant helas! & c'est là mon tourment,
Il n'est plus embrazé d'vn feu si vehement.

SELINE.

Que dites-vous, Madame, & quel nouuel indice
Tesmoigne qu'enuers vous son feu se refroidisse?

LA REYNE.

Celui-cy iustement qu'il m'en donne ce iour,
Ayant pour Mustapha tant d'estime & d'amour;
Car il m'apprend assez qu'au Sceptre il le destine,
De Selin, & de moy, meditant la ruine.
Qu'en vain sur son amour ie fonday mon espoir,
Ie commence, & trop tard, à m'en apperceuoir:
Son amour qui me fit, par vn dessein contraire,
Garder ce second fils aupres du Roy son Pere,
Au lieu de l'exposer, le sauuant de la mort,
Ainsi que ie fis l'autre, à la mercy du Sort.
Ie creu que Soliman espris de cette flame,
Que Circasse estant morte, il eut pour moy dans l'ame,

Me lairroit de ses feux vn tesmoignage entier,
En choisissant ce fils pour vnique heritier.
Mais bien loin de regner, ie connois à cette heure,
Qu'il faudra qu'auec moy le miserable meure.

SELINE.

Oüy, si vous n'essaiez auec la mort d'autruy,
De destourner ce mal, & de vous & de luy.
Donc pour y paruenir, vsez d'art & de ruse,
Pour viure, & pour regner, tout se fait, tout s'excuse.

LA REINE.

Je te croiray, Seline, & veux dés auiourd'huy,
Commencer à le perdre, & me tirer d'ennuy.

Fin du premier Acte.

ACTE II.

SCENE PREMIERE.

SOLIMAN, MVSTAPHA, ACMAT, RVSTAN, OSMAN.

SOLIMAN.

IE vay prier les Cieux de nous estre propices;
Toy, vas à nostre camp dessous de bõs auspices,
Et dessus tes Soldats prens l'absolu pouuoir,
Qu'vn General d'armée y doit tousiours auoir.
Si le moindre repos à ta valeur fait peine,
Dés la pointe du iour couure toute la plaine,
Commence de marcher contre les ennemis,
Et conduis les Soldats qu'à tes soins i'ay commis:
Ie te suiuray de prez auec vne autre armée,
Et bien-tost leurs projets s'en iront en fumée.

MVSTAPHA.

Derechef ie rends grace à vostre Majesté
D'vn honneur que ie sçay n'auoir point merité :
Le pouuoir qui me vient de cette main auguste
Ne souffrira iamais rien de lasche ou d'iniuste:
Mais dessous la faueur d'vn Prince si guerrier,
J'espere veoir fleurir la Palme & le Laurier:
Combatant pour vn Roy remply de tant de gloire
Me pourroit-on rauir l'honneur de la victoire?
Pleust aux Cieux seulement que vostre Majesté
Commist toute la guerre à ma fidelité,
Et que se reseruant au bien de cét Empire,
Elle aimast le repos que son âge desire,
Et non pas toutesfois sans imiter le cœur,
Qui ne bouge & partout espanche sa vigueur.

SOLIMAN.

Tu m'asseures, mon fils, en tenant ce langage,
De ton affection, & de ton grand courage:
Mais ie ne puis vouloir que ce que i'ay voulu,
L'ordre qu'on doit tenir est desià resolu,
Et ie ne trouue point d'entreprise honnorable;
Qu'alors qu'vn Roy present la rend plus venerable,

Et delà, les combats qui sont gagnez par nous,
Comme œuures de nos mains, nous en semblẽt plus doux.
Va donc trouuer l'armée, & fay ce que i'ordonne:
Cependant que le Ciel de Lauriers t'enuironne!
Acmat, suiuez-le au camp, & luy monstrez ses gens,
Et que pour le retour vos pas soient diligens.

MVSTAPHA.

Ie prens congé, grand Prince, & cours auecque ioye,
O u le vouloir d'vn Pere & le Destin m'enuoye.

SOLIMAN.

Encore vn coup, sois tu tousiours victorieux!
Ie vais exprés au Temple en coniurer les Cieux.

RVSTAN.

Aille apres qui voudra: demeure, Osman, demeure.

SCENE DEVXIESME.

RVSTAN, OSMAN.

RVSTAN.

AVant que ie le souffre il faudra que ie meure,

OSMAN.

Mon Maistre qu'auez-vous?

RVSTAN.

Ah! c'est trop r'animer
Le feu dont contre luy ie me sens enflamer.
Qu'en dis-tu, cher Osman? vn nouueau venu prendre
Le premier rang d'honneur ou ie deuois pretendre?
Quelle presomption & surquoy se fonder?
Quel merite si grand le peut recommander?
Nous partageons l'honneur d'vne mesme famille,
Il est le fils du Roy, moy, l'espoux de sa fille:
Pourquoy donc s'vsurper, & prendre insolemment
Vn pouuoir qui n'est deu qu'à Rustan seulement?
Mais non, n'en parlons plus, i'en auray la vangeance:

OSMAN.

Vostre colere est iuste, & grande son offence,
Et cecy peut encor aigrir vostre douleur,
Que vous auez vous-mesme ourdy vostre mal-heur:
D'auoir fait que chacun, comme i'ay fait moy-mesme,
Vantast à Soliman son merite supresme;
Sans doute ces discours, contre vostre dessein,
Ont ietté plus d'amour que d'enuie, en son sein.

RVSTAN.

Ainsi le plus souuent la Fortune mesprise,
De faire reüßir vne sage entreprise:
Mais ie mespriseray moy-mesme ses mespris.
Allons: que le conseil promptement en soit pris:
Toy, vas voir prés du camp, comme tout s'y dispose,
La considere bien iusqu'à la moindre chose,
Ce qu'on fait, ce qu'on dit, enfin rapporte moy
Quelque apparent subiet de soubçonner sa foy.
Vas, reuiens bien instruit; Mais i'apperçoy la Reyne.

SCENE TROISIESME.

SELINE, LA REINE, RVSTAN.

SELINE.

Mais, Madame, c'est estre à soy-mesme inhumaine:

LA REINE.

Tais-toy, voicy Rustan: ie te treuue à propos
Pour en parler ensemble, & me mettre en repos.

RVSTAN.

Madame, dans l'estat que nous voyons l'affaire,
Bien plus que le discours l'effet est necessaire.
Ie m'en allois vers vous afin d'en conferer,
Et resoudre sa mort; mais sans plus differer.

LA REINE.

Et c'est là iustement le point qui me tourmente;
Car sa mort d'vne part le salut nous presente,
D'autre part la pitié m'attendrit tellement,
Que ie ne sçaurois presque y penser seulement.

RVSTAN.

Dieu qu'est-ce que cecy? qu'ay-ie entendu Madame?
Vn mouuement si foible esbranle vne telle ame?
Le son de quelques mots agreables & doux,
Vous a fait relascher d'vn si iuste courroux?
Auez vous oublié que s'il ne perd la vie,
La vie & la couronne à vous mesme est rauie?

SELINE.

Ah Madame! plustost qu'il meure mille fois.

LA REINE.

Ie voy bien ce danger, & ie vous le disois,

Que s'il viuoit, la mort nous estoit asseurée:
Mais soit pour quelque temps sa perte differée.

RVSTAN.

Pour quelque temps, Madame? Ah! seulement ie crains
Que desià nos efforts ne soient foibles & vains:
Helas que pouuoit-il nous arriuer de pire?
Et que luy reste-t'il pour obtenir l'Empire,
Et nous faire mourir d'vne cruelle mort,
Chef d'vne telle armée, & se voyant si fort?

LA REINE.

Las que me dites vous? Chef! & de quelle armée?

RVSTAN.

Quoy vous n'en estes pas encor mieux informée?

LA REINE.

Ie n'en ay rien apris.

RVSTAN.

Vous ne sçauez donc pas
Qu'il a sous son pouuoir presque tous nos Soldats?

LA REINE.

Est-il donc vray!

RVSTAN.

Que trop: iugez donc à cette heure
S'il est bon qu'imparfaict nostre dessein demeure;
Vn Sceptre rarement s'arrache aux mains d'autruy,
Quand la force & le fer luy sert de ferme appuy.

L'A REINE.

Donc en tant de façons, ô Destin plein d'enuie,
M'ostes-tu les moyens de me sauuer la vie?
Comment n'a peu le Roy preuoir vn si grand mal?
Mais tires-nous Rustan, de ce danger fatal.

RVSTAN.

En ces occasions la meilleure deffense,
C'est qu'il faut par esprit rompre la violence.

L'A REINE.

Ie veux à ce subiet seulement dire au Roy
Les soupçons qui pour luy me donnent de l'effroy;
Affin que subuenant à sa propre disgrace,
Il nous deliure aussi du mal qui nous menace.

RVSTAN.

C'est le meilleur moyen que nous puissions tenir.

LA

LA REINE.

Allons donc le treuuer : mais le voicy venir.

SCENE QVATRIESME.

LA REINE, SOLDATS, SELINE, SOLIMAN, RVSTAN.

LA REINE.

Soldats, où va le Prince?

SOLDATS.

Au Palais, grande Reyne.

LA REINE.

Arrestez-vous icy. Dieu quel soucy le gesne!

SELINE.

Madame, ayez bon cœur, tout vous vient à souhait:
Ce trouble obscurcira la verité du fait.

LA REINE.

Seigneur, que le Destin tousiours plus fauorable
Vous comble d'vn bon-heur qui soit incomparable.

SOLIMAN.

Il le peut, s'il le veut: Mais qui vous meine icy?

LA REINE.

Vous connoissez, Seigneur, mon amoureux soucy,
Et que ie ne vy pas si ie ne vous contemple;
Si bien que pour vous voir ie m'en allois au Temple:
Auec dessein aussi que nos vœux innocens
Estant vnis ensemble, en fussent plus puissans:
Mais, Seigneur, de quel mal auez vous l'ame attainte?
Quelles sont vos douleurs, vos soins, ou vostre crainte?

SOLIMAN.

Madame, ie sçay bien que vostre affection
A droit de s'enquerir de mon affliction;
Mais il est mal-aysé qu'vn autre puisse entendre
Ce que ie ne puis pas moy-mesme bien comprendre.
Je suis triste, ie crains, & ie ne sçay pourquoy,
Ny quel trouble importun s'est emparé de moy.

SELINE.

Prenez le temps, Madame.

LA REINE.

He que dites-vous, Sire!

SOLIMAN.

Ce qui n'eſt que trop vray.

RVSTAN.

Quand le Ciel veut predire
Quelque eſtrange mal-heur, il ſe ſert quelquefois
Du langage ſecret de ces muettes voix.

SOLIMAN.

Quoy qu'il puiſſe arriuer, Ruſtan, vn tel preſage
Peut troubler, mais non pas abbatre mon courage.

LA REINE.

Mais l'homme ſage doit toute choſe tenter
Pour connoiſtre ſon mal, afin de l'euiter:
Qui craint que dedans peu ſon naufrage n'arriue,
A recours promptement à la prochaine riue.
Qui ſçait ſi l'Empereur ſucceſſeur des Latins,
Las d'eſprouuer touſiours de contraires deſtins,
N'auroit point eſpié le temps de voſtre abſence,
Pour entrer auiourd'huy le plus fort dans Biſance?
Si l'air de ce climat ou de cette Cité,
Ne pourroit pas enfin nuire à voſtre ſanté?

Ou bien si combattant auecques trop d'audace,
Quelque danger helas! de mort ne vous menace?
Si bien que retournant en Thrace seulement,
Ce presage seroit sans nul éuenement.

SOLIMAN.

Il faut bien que d'ailleurs vienne quelque infortune,
Ie ne suis pas troublé d'vne crainte commune:
La Thrace est trop puissante, & i'ay le cœur trop fort,
Pour craindre, elle à present l'ennemy, moy la mort.

LA REINE.

Sire, c'est bien conclurre, & i'apperçoy moy-mesme
Vne autre occasion de ce peril extresme.
Helas! seroit-il vray!

SOLIMAN.

Poursuiuez hardiment.

LA REINE.

Peut-estre crains-je à tort, quoy qu'auec fondement.

RVSTAN.

A l'heure qu'il s'agit du salut d'vn Monarque,

On craint auec raison dessus la moindre marque.

SOLIMAN.

Madame, parlez donc:

LA REINE.

Ie crains qu'vn scelerat
N'ait tramé dessus vous quelque noir attentat,
Et par vostre trespas n'occupe cét Empire,
Où son ambition depuis long-temps aspire.

SOLIMAN.

Qui seroit si hardy?

LA REINE.

Qui se sent le plus fort:
Celuy dont vous deuriez attendre moins ce tort;
L'iniuste Mustapha.

SOLIMAN.

Mustapha?

LA REINE.

C'est luy-mesme.
Pourquoy vous troubler tant, & deuenir plus blesme!

Ie n'en asseure pas, i'en doute seulement:
Mais certes cette peur me trouble extremement.

RVSTAN.

Peut-estre cette peur n'est que trop raisonnable,
Sire, i'en conceuois vne toute semblable.

SOLIMAN.

Qui de luy, iustement ces soupçons peut auoir?
Et comment me peut-on les faire conceuoir?

LA REINE.

Sire, voyez-vous pas cette valeur guerriere,
Combien elle luy rend l'ame hardie & fiere,
Et tant d'autres vertus veritables ou non,
Qui donnent dans la veuë, & font bruire son nom?
Ouy, vous les voyez bien, & voyez trop peut-estre,
Puis que mesme il vous plaist si bien les reconnestre,
Et que vous les aymez par vn aueugle erreur,
Au lieu que vous deuriez les auoir en horreur:
Considerez de plus cette humeur liberale,
Et cette courtoisie à tout le monde esgale:
Ne croit-il pas par là meriter d'estre Roy?
N'est-ce pas par cet art qu'on tire vn peuple à soy?

Si bien qu'il est certain que ses desseins sinistres
Ne manqueront iamais de damnables ministres:
Et puis vous sçauez bien que le peuple souuent
Aueugle a plus d'amour pour le Soleil leuant.
Mais de plus qui pourroit nous donner asseurance
Qu'il n'ait auec Tamas eu quelque intelligence,
Quand sous vn faux pretexte errant comme inconnu,
Il fut chez les Persans en prison retenu?
Ce fut peut-estre alors qu'il trama vostre perte,
Et qu'au Prince ennemy son ame fut ouuerte:
Peut-estre il luy promit vn bon-heur eternel,
S'il vouloit seconder son dessein criminel:
Et tant de messagers, & de courses diuerses,
Dont il feint d'espier l'intention des Perses,
Pour moy ie les soupçonne, & crois auec raison
Qu'ils sont les instruments de cette trahison:
Et si iusques icy l'issuë en fut remise
Les forces luy manquant à si haute entreprise:
Desormais qu'il se void la puissance en la main,
Il l'executera du iour au lendemain.

SOLIMAN.

Tant s'en faut, ce pouuoir est vn tres-seur remede,
On ne desire plus le bien que l'on possede.

LA REINE.

Mais, Seigneur, vous sçauez ce que c'est du pouuoir,
Que tant plus on en a, plus on en veut auoir.

RVSTAN.

Certes, Sire, voila de grands subjects de crainte:
Mais repensez encore à cette bonté feinte,
Qui luy faisoit tantost rechercher ardemment,
D'auoir tous vos soldats sous son commandement:
Que pretendoit-il faire auecques deux armées,
Sinon tenir la Thrace & Bisance opprimées?

LA REINE.

A-t'il donc tesmoigné tant de temerité?
Ah! que doutons nous plus de cette verité?
Seigneur, qui vous retient? helas! sans le connaistre,
Vous vous precipitez aux lacs que tend vn traistre:
Si vous ne nous croyez, croyez-en pour le moins
Ces voix de vostre cœur, muets, mais vrais tesmoins.

SOLIMAN.

Ne vous tourmentez point: j'y penseray, Madame,
Et vos sages aduis prendront place en mon ame.

Re-

Retournons là dedans. O celeste bonté!

LA REINE.

Allons, mais qu'il souuienne à vostre Majesté
Qu'on ne sçauroit trop tost preuoir à son dommage.

SOLIMAN.

C'est assez dit, Allons.

RVSTAN tout bas à la Reyne.

Prenons, prenons courage.

SCENE CINQVIESME.

PERSINE. ALVANTE.

PERSINE.

ALuante est donc en fin émeu par mes discours
Et prend compassion de mes tristes amours.

ALVANTE tout bas ces deux vers seulement.

Pour guerir vn amant de sa melancolie,
Il faut faire semblant d'approuuer sa folie.

Ouy, ie me sens vaincu; Qui pourroit resister
A ce Dieu si puissant, & qui sçait tout donter?
Suiuez donc seulement l'histoire commencée,
Et puis sur ce sujet i'ouuriray ma pensée.

PERSINE.

Ainsi tousiours le Ciel te soit propice & doux!
Suiuant donc cette audace ordinaire entre nous,
Ie m'habille en Guerrier, & contre la Scythie,
Conduis de nos Soldats la meilleure partie,
Et cependant qu'vn iour i'allois à petit bruit,
Cherchant vn lieu commode ou nous camper la nuit;
Voila, nous descouurons, dans vn bois assez sombre,
Vn Guerrier qui marchoit à la faueur de l'ombre;
Et qui s'auance enfin ou le champ plus ouuert,
De l'ombrage du bois n'estoit pas si couuert.
Là de nous il fut ioint, & quoy que l'apparence
Ne nous fist remarquer aucune difference,
Qu'il fust armé de mesme & parlast comme nous,
Pour ennemy pourtant il fut iugé de tous:
I'ordonne qu'on l'arreste, on court à l'instant mesme,
Luy ne s'estonne point dans ce peril extresme,
Mais l'espée à la main, il se vient presentant,
Et fait teste à tous ceux qui le vont combattant;

Il frappe, tuë, abbat, & donne trop à croire
Que le nombre tout seul empeschoit sa victoire;
Il resiste pourtant, & d'vn accent plus fier,
De ces mots menaçans les ose défier:
Oüy, poltrons ie mourray puis que le Ciel l'ordonne;
Mais ie vous vendray cher mon sang & ma personne:
Son courage, son sort, ces mots, cette action,
Firent naistre en mon cœur de la compassion:
Ie cours où le combat plus violent se montre,
Et iustement i'arriue (agreable rencontre)
Lors que de mille coups son armet entr'ouuert,
Se lasche & laisse voir sa face à descouuert:
Tel qu'apres maint éclair & le bruit du tonnerre,
Le Soleil apparoist plus riant à la Terre,
Tel brilla ce visage en cét heureux moment;
Mille rayons de feu luy seruoient d'ornement,
Et son œillade estoit de tant d'attraicts pourueuë,
Que tout au mesme instant il m'esbloüit la veuë,
Et me remplit le sein d'vne telle amitié,
Qu'aussi-tost elle change en amour ma pitié.
Ainsi pour le tirer de ce peril extresme,
Ie luy fais contre tous vn bouclier de moy-mesme;
Et crie à mes soldats, d'vn accent de courroux,
Qu'ils appaisent leur rage & retiennent leurs coups;

Puis retournant mes yeux dessus son beau visage,
D'vn ton plus gratieux ie luy tiens ce langage:
Veuillez, braue guerrier nous ceder desormais,
Receuez de nos mains & la vie & la paix,
Et si de nous ceder vous auez quelque honte,
Cedez du moins au sort, c'est luy qui vous surmonte:
Si vous ne desdaignez la fille d'vn grand Roy,
Soyez son seruiteur & vous rendez à moy,
A moy qui suis Persine: à ceste voix derniere
Ie leue mon armet, ie hausse ma visiere;
Il me contemple, il tremble, vne morne pâleur
Luy dérobe, & luy rend sa vermeille couleur;
Et toutes deux cent fois partagent son visage;
Puis souspirant au Ciel, il luy tient ce langage;
O Dieu! que puis-je plus! i'apperçoy mon vainqueur!
Oüy, Madame, ie rends & l'espée & le cœur,
Tous deux ils sont à vous; là rompant sa harangue,
Il commit à ses yeux l'office de sa langue,
Ses yeux où ie lisois auec contentement
Les secrets qu'il n'osoit me dire ouuertement.
Voila quand & comment mon amour prit naissance,
Or entends maintenant comme elle prit croissance:
Et puis tu iugeras par quel heureux chemin
Elle doit desormais paruenir à sa fin.

ALVANTE.

Qu'vne amour née en guerre & parmy les alarmes,
N'attende que la mort, & des subjets de larmes.

PERSINE.

Pourquoy vas-tu troublant de presages de mort
Le fortuné succez que i'espere du sort?

ALVANTE.

I'apprehende pour vous, parce que ie vous ayme,
Et ne vous nuirois pas, non pas du penser mesme.

PERSINE.

Escoute donc comment s'auança mon amour:
Estant auecque luy vers mon camp de retour.
Ie le presse instamment de me faire connaistre
Son nom, & ce qu'en fin le Ciel l'auoit fait naistre,
Luy iurant de garder, quel que fust son secret,
L'inuiolable foy d'vn silence discret;
Et de plus luy donner, si c'estoit son enuie,
Entiere liberté, non seulement la vie:
Lors il me declara qu'aux Scythes inconnu,
Iusqu'où nous l'auions pris, seul il estoit venu;

Qu'il pretendoit de là, voir le pays des Perses,
Pour connestre des lieux les aßiettes diuerses;
Qu'encor qu'il pratiquast ce dangereux métier,
De la Thrace pourtant il estoit l'heritier:
Ioyeuse de sçauoir vne telle merueille,
Ie preste à ses discours vne attentiue oreille,
Rien ne m'asseurant mieux qu'il n'estoit pas menteur,
Que faisoit mon desir, amoureux & flatteur:
Apres ces mots s'accroist le feu qui me tourmente,
Car l'amour entr'égaux facilement s'augmente;
Et lors ie reconnois, quoy qu'il n'en dise rien,
Que son brasier n'est pas moins ardent que le mien:
Comme d'vne autre part, encor que ie me taise,
Il reconnoist außi mon amoureuse braise:
Car des cœurs enflammez d'vn mutuel desir,
S'expliquent d'vne œillade & du moindre soupir.
Nous fusmes quelque temps dans cette violence;
Mais il fut le premier qui rompit le silence,
Et qui me descouurit sa flame en peu de mots,
Mais mots entrecoupez de pleurs & de sanglots:
Croyant qu'vn iour apres le decez des deux Princes,
Cela pourroit causer la paix dans nos prouinces,
D'vn esprit balancé de honte & de plaisir,
Ie l'escoute, me tais, approuue son desir,

Et lors entre nous deux fut la foy d'hymenee,
Le Ciel pris à tesmoin, secrettement donnée:
Cependant le Tartare en Perse descendit,
Tu sçais comme le Sort à ses vœux respondit;
Si bien que dans vn fort tristement retirée,
De mon aymable espoux ie me vis separée,
Qui depuis me manda par vn moyen secret,
Qu'il estoit retourné dans la Thrace à regret,
En attendant le temps & l'heureuse iournee
Que nous verrions l'effet de cette foy donnee,
Dont voilà, cher Aluante, & la cause, & la fin:
Ce qui m'ameine icy tu l'as sceu ce matin.
Donc puisque incessamment vn peuple l'enuironne,
Et que ie ne sçaurois luy parler en personne:
Si tu ressens pour moy quelque peu d'amitié,
Si, comme tu disois, mon feu te fait pitié,
Declare maintenant ce qu'il faut que ie fasse.

ALVANTE.

Vous pourriez esmouuoir vn naturel de glace:
Oüy, ie vous veux ayder, & par cette action
Vous tesmoigner l'ardeur de mon affection:
Quel soin plus glorieux me pouuiez vous commettre!
Ie vay porter au Prince & la fueille & la lettre:

Au cas que sans roder icy tout alentour,
Vous irez au logis attendre mon retour.

PERSINE.

O mon amy fidelle, ô pere secourable,
Qu'à tes vœux, derechef le Ciel soit fauorable!
Tiens, auecque la lettre ou dans peu de discours,
Je reclame son ayde à mes longues amours,
Ce papier blanc signé que ie pris à mon Pere:
Qu'il reçoiue dans luy la Perse de doüaire,
Car il le peut remplir de ce qu'il luy plaira,
Et dessous ce cachet tout le monde plira.

ALVANTE.

Allez, & ie feray tout ce qu'il faudra faire.

PERSINE.

Je m'en vay, daigne Amour conduire cette affaire.

SCENE

SCENE SIXIESME.

ALVANTE, OSMAN.

ALVANTE.

Doncques est-il poßiple! ô Dieu quelle fureur!
Puis-je estre encore en vie à cét objet d'horreur!

OSMAN sans estre apperceu.

Comme tousiours le sort destruit ce que ie tente!
Mais quel nouueau visage à mes yeux se presente!

ALVANTE.

Mustapha, nostre Roy!

S'il espousoit persine, mais Osman le prend à la lettre.

OSMAN.

C'est quelqu'vn de ses gens,
Et sans doute quelqu'vn de ses nouueaux agens.
Escoutons-le.

ALVANTE.

Et pour luy trahir ainsi son pere!
Son pere! & son Royaume!

OSMAN.

O fortune prospere!

ALVANTE.

Me croire l'instrument de sa lâche fureur!
Comment pûst son esprit tomber dans cette erreur!
Moy porter ces papiers où ta honte est enclose!
Ne permette le Ciel que ie me le propose.
Voila comme i'auois dessein de les porter,
Lors que ie te promis de les luy presenter. Il les deschire.

OSMAN.

Comme il est disparu! la colere l'emporte!
Encor si ces papiers deschirez de la sorte,
Par quelques mots entiers me rendoient éclaircy,
De ce dont en fuyant il me laisse en soucy;
Mais qu'est-ce que ie voy! Dieu l'heureuse auanture!
C'est du Prince ennemy la propre signature!
C'est son propre cachet! qu'il nous vient à souhait!
Ie m'en vais à Rustan exposer tout le fait:
Il est bien si rusé qu'en ce peu de matiere,
Il treuuera subiect d'vne ruine entiere.

Fin du second Acte.

ACTE III.

SCENE PREMIERE.

PERSINE. ALVANTE.

PERSINE.

E Traistre a donc commis cette infidelité!
Aluante que dis-tu?

ALVANTE.

Ie dis la verité.

PERSINE.

O trois & quatre fois Persine infortunée!

ALVANTE.

D'autant plus qu'oubliant la promesse donnée,

L'impatiente ardeur de vostre ieune amour
Vous a fait si soudain preuenir mon retour,
Pour apprendre plutost ceste triste nouuelle.

PERSINE.

Ie n'ay donc plus de part à ce cœur infidelle ?
Ie suis doncques trahie, & mon chaste desir
N'obtiendra pour tout fruit qu'vn honteux desplaisir?
En vain ie prends les noms & d'Espouse & d'Amante,
Puis qu'on fait vn peché de ma flame innocente :
Mais qu'est-ce que tu dis à ce cœur inhumain ?

ALVANTE.

Quand ie vis ces papiers déchirez de sa main,
Ah ! grand Prince, luy dis-je, est-ce donc de la sorte,
Que vous reconnoissez vne amitié si forte ?
N'estimez vous donc rien qu'elle ait quitté pour vous,
Tout ce qu'en son païs elle auoit de plus doux ?
Que sans aucune suitte, & comme vne inconnuë,
Elle soit pour vous voir en ce lieu cy venuë ?
Qu'elle ait esté rebelle à son pere, à son Roy,
Plustost que de souffrir de vous manquer de foy ?
Comment eut elle mieux contenté vostre enuie,
Qu'en vous liurant son cœur, son Royaume, & sa vie?

Seigneur, par vostre honneur, & par cette clarté,
Que vous n'ignorez pas tenir de sa bonté,
Daignez prester secours à cette infortunée,
Et donnez luy la vie, elle vous l'a donnee;
Aimez donc qui vous aime, & luy gardez la foy.

PERSINE.

Ce discours, sage Aluante, estoit digne de toy:
Mais que dit-il?

ALVANTE.

D'vn cris de mespris, & de rage,
(Car ces mots viuement piquerent son courage)
M'oses-tu bien, dit-il, faire ressouuenir
D'vne foy que iamais ie n'ay voulu tenir?

PERSINE.

O Ciel!

ALVANTE.

Et puis, dit-il, par vn pouuoir magique,
Et par cette science en Perse si publique,
Elle m'auoit alors empoisonné le cœur,
Qui depuis grace au Ciel a repris sa vigueur.

Et si de son honneur faisant si peu de conte,
Elle foule à ses pieds toute sorte de honte:
Je ne suis pas d'aduis de suiure ceste loy,
Et ce seroit mal fait qu'vn Prince comme moy,
Prist en affection, & moins en hymenée,
Vne fille dont l'ame est si desordonnée:
Partez doncques tous deux dans vne heure d'icy,
Ou n'attendez de moy ny grace, ny mercy;
Son visage à ces mots paroissant tout de flame,
Me ietta l'espouuante & l'horreur dedans l'ame,
Et ma langue & mon cœur resterent si confus,
Qu'aussi-tost ie m'enfuys sans luy repliquer plus.

PERSINE.

O Ciel! injuste Ciel! que fais-tu de ta foudre!
Laisses-tu les meschants sans les reduire en poudre!

ALVANTE.

Quoy qu'elle ait à souffrir de ce contrepoison,
Il n'importe, pourueu qu'il soit sa guerison.
Madame, il n'est plus temps desormais de se plaindre,
Craignons pour nostre vie:

PERSINE.

Hé! que puis-je plus craindre,

Si sans chercher ailleurs ce dernier reconfort,
Ie suis preste moy-mesme à me donner la mort?

ALVANTE.

L'excez de la douleur vous trouble & vous surmonte,
Vostre mort ne feroit qu'augmenter vostre honte.

PERSINE.

Mais elle amoindriroit vn si fascheux tourment.

ALVANTE.

Vn inuincible cœur endure constamment.

PERSINE.

Viuray-je donc apres vne si grande offense?

ALVANTE.

Oüy, car c'est le moyen d'en tirer la vengeance:
Quittons donc ce pays, & si cét inhumain
Montre auoir maintenant vostre amour à desdain,
Qu'il vous trouue au retour sa mortelle ennemie,
Et dans son propre sang laue son infamie:
Allons, pour reuenir auec tant de soldats,
Que nous mettions sa teste & son orgueil à bas.

PERSINE.

Allons, c'est la raison que l'amoureuse flame
Cede aux feux que la haine attise dans mon ame.
Va donc pour donner ordre à nostre partement,

ALVANTE.

I'y cours, ô d'vn tel tour l'heureux euenement!

PERSINE.

Mais quel est mon dessein, & quelle est ma pensée!
Moy-mesme plus qu'aucun ie me suis offensée:
Donc pour punir celuy qui m'a fait plus de tort,
C'est à moy seulement qu'il faut donner la mort.
Sus donc cœur imprudent, sus donc ame coupable,
Songeons à nous donner vn trespas honorable:
Mais que ce soit aux yeux de ce traistre & brutal,
Que ie voye en mourant l'objet qui m'est fatal,
Afin qu'au triste aspect d'vne fin si cruelle,
De son crime, il conçoiue vne horreur eternelle.

SCENE

SCENE DEVXIESME.

SOLIMAN, ACMAT.

SOLIMAN.

VOylà ce que ie crains, & pour me soulager,
Ie luy viens d'enuoyer en haste vn messager
Qui le r'appelle en Cour, afin que i'examine
Auec plus de loisir, ses discours & sa mine.

ACMAT.

Sire, ie suis surpris d'vn tel estonnement,
Qu'à peine puis-je icy dire vn mot seulement:
Si vous auiez peu voir auec quelle franchise,
Il a receu l'armée à sa charge commise,
Ie suis bien asseuré que vostre Majesté
Penseroit autrement de sa fidelité.

SOLIMAN.

Pour mieux executer sa trahison mortelle,
Nostre ennemy souuent prend le nom de fidelle.

ACMAT.

Mais qu'il est encor vray qu'il n'est point de poison,
Qui plus mortellement blesse nostre raison,

Comme de croire trop à ces ſoubçons iniques
Qui ſont ſuiuis enfin de mille actes tragiques:
Partant puis que ce poinct vous eſt encor permis;
Sire, foulez aux pieds ces ſoubçons ennemis.
Quoy doncques les vertus d'vn Prince magnanime,
Ne cauſeront en vous que la crainte d'vn crime?
Vne miniere d'or produit-elle du fer?
Et trouue-t'on au Ciel les horreurs de l'Enfer?
Que ſi tant de valeur vous trouble & vous eſtonne,
Non que vous craigniez rien de ſa propre perſonne,
Mais que de vos ſubjets eſtant trop bien voulu,
Ils luy donnent ſur eux vn pouuoir abſolu;
Sçachez qu'il n'eſt chery d'vne amitié ſi forte:
Qu'à cauſe ſeulement de l'amour qu'on vous porte;
Hé par qui des mortels ne ſeroient eſtimez,
Ceux qui viênent de vous, & que vous meſme aymez?
Doncques ſi c'eſt pour vous qu'on l'honore & l'eſtime,
Qui pour luy, contre vous, voudroit cõmettre vn crime?
Et quoy ſera-t'il dit que voſtre Majeſté
Ayt oublié ſi toſt noſtre fidelité?

SOLIMAN.

Soit la foy de mon peuple inuiolable & ſainte:
Il me reſte d'ailleurs de grands ſujets de crainte,

Ce fils dénaturé ioint auec les Persans
Pour me perdre a-t'il pas des moyens trop puissans?

ACMAT.

Le Prince vostre fils a l'ame trop prudente
Pour s'embarquer sans voir la fin de ce qu'il tente:
Hé comment combattroit l'ennemy pour autruy,
Luy qui ne peut garder son Royaume pour luy?
Mais qui iusques icy de ces intelligences
A peu donner encor les moindres apparences?
Il est vray qu'il a veu les pays ennemis,
Mais, Sire, vous auez ce voyage permis;
Vous sceustes ce qu'il fit durant tout son voyage,
Et si quelque entreprise eust trahy son courage,
Vous auriez peu bien-tost vous en apperceuoir,
Ou quelque amy secret vous l'auroit fait sçauoir:
Non, non, Sire, croyez qu'vn cœur épris de gloire
Ne conceura iamais vne action si noire.

SOLIMAN.

Vn grand cœur tousiours monte, & suit audacieux
Le talent qu'en naissant il a receu des Cieux:
Et quoy qu'à ma couronne il doiue seul pretendre,
Peut-estre ayme-t'il mieux l'vsurper que l'attendre.

ACMAT.

Mais Sire, de sa gloire il est si fort ialoux,
Que l'on ne doit iamais apprehender pour vous
Que s'emparant ainsi d'vne chose asseurée
Il voulut perdre vn bruit d'eternelle durée:
Que vostre Maiesté pense donc à cecy,
Et chasse, s'il luy plaist de son cœur, tout soucy.

SOLIMAN.

Ie commence à le faire, & sens qu'à ta parole
Mon cœur moins agité s'appaise & se console:
Vas, & s'il n'est party, retiens Geron chez toy,
Et luy dis qu'il attende vn autre ordre de moy.

ACMAT.

Grand Prince i'obeys.

SOLIMAN.

Quelle est la citadelle
Qui nous mette en repos comme vn amy fidelle!
Voila que son discours enfin m'a desgagé
Des soubçons dont mon cœur se sentoit aßiegé.
Dans vne douce paix maintenant ie respire,
Et dessus moy la peur n'a plus aucun empire.

SCENE TROISIESME.

RVSTAN. SOLIMAN.

RVSTAN.

QVe vostre Majesté n'espere desormais
A ses tristes mal-heurs de trefue ny de paix;
Qu'elle appreste la mort à son fils infidelle,
Et contre les Persans vne guerre immortelle.
Sire, lisez ce mot qui vient d'estre arraché
Par mon fidelle Osman, d'vn espion caché.

SOLIMAN.

Il s'adresse à mon fils! detestable auenture!
C'est du Prince ennemy la propre signature!
C'est son propre cachet! ô Ciel secourez nous.

RVSTAN.

Mais tout vostre salut ne depend que de vous.
Sire, hâtez-vous donc ainsi que veut l'affaire,
En ces occasions, il se perd qui differe.

SOLIMAN lit.

Ie n'attens pour partir que vostre mandement.
Cette puissante armée est desia toute preste.
Commencez seulement d'attaquer cette teste,
Et vous serez par moy secouru promptement.

Qu'ay-je leu ! mais allons aduiser au remede:

RVSTAN.

O bien-heureux Rustan, que la fortune t'aide.

SCENE QVATRIESME.

MVSTAPHA. ORMENE.

MVSTAPHA.

QVe si le Messager n'est indigne de foy,
Au Palais de la Reine, on doit trouuer le Roy:
Voicy donc le plus court; Mais voy-je pas Ormene!
Comment m'as-tu suiuy bon Pere & qui t'ameine!

ORMENE.

Seigneur, i'acours à vous, & ie rends grace aux Cieux,
Qu'encore assez à temps ie vous trouue en ces lieux:

Certes si i'eusse esté present à ce message,
Je m'y fusse opposé; mais de tout mon courage,
Pour la crainte que i'ay d'vn sinistre accident,
Qui dedans mon esprit se rend presque euident.

MVSTAPHA.

Que crains-tu?

ORMENE.

I'apprehende, & non sans iuste cause,
Que l'on n'ait contre vous machiné quelque chose:
Pourquoy si promptement vous r'appeller en Cour,
Vous mandant de tenir secret vostre retour?
A peine en sortez-vous, & nous deuons bien croire,
Que Soliman n'a rien laissé dans sa memoire.
Quel desir pourroit donc rendre en si peu de temps
D'vn Roy si resolus les conseils inconstans?
Ah ie voy les serpens qui se cachent sous l'herbe,
C'est la Reyne elle-mesme, & Rustan le superbe,
Dont la rage vomit son venin contre vous.

MVSTAPHA.

Quelle raison pourroit exciter leur courrous?

ORMENE.

Je croy que dans Rustan vostre insigne merite
Desià depuis long-temps cette rancune excite,

Le merite à la Cour est rare & pretieux,
Et tousiours exposé pour butte aux enuieux;
Mais ce qui plus que tout a sa rage enflamée,
C'est de voir que le Roy vous a fait chef d'armée:
Ie sçay que ce matin il ne l'a peu souffrir,
Presumant qu'à luy seul ce rang se deust offrir.

MVSTAPHA.

Et qui peut conceuoir vn courroux équitable,
Pour vn choix que chacun trouue si raisonnable?

ORMENE.

Quoy que ce qui nous nuit se fasse iustement,
On ne le sçauroit voir sans mescontentement:
Si bien que secondé du courroux de la Reine,
Il dresse à vostre vie vne embusche certaine;
Et vous n'ignorez pas quelle iniuste raison
Peut obliger la Reine à cette trahison:
Seigneur, elle est marastre, & de plus ne demande
Que de voir chaque iour sa puissance plus grande:
Mais elle craint de vous, pour elle & pour Selin,
A leurs iours glorieux, vne cruelle fin.

MVSTAPHA.

Quiconque craint de moy quelque offense, il s'abuse:
Mais quels seroient leurs lacs? quelle seroit leur ruse?

Quel

Quelle puissance ont-ils, & quel droit dessus moy?
N'ay-je pas pour deffense & mon Pere, & mon Roy?

ORMENE.

Ah Seigneur, vous feignez de ne me pas entendre.
Sçachant que le Roy seul sur vous peut entreprendre,
Ils vous auront vers luy quelque crime imposé.

MUSTAPHA.

Et dequoy Mustapha peut-il estre accusé!
Ma foy n'est-elle pas à mon Pere assez claire?

ORMENE.

Mais les ruses & l'art que ne peuuent-ils faire?
Manquent-ils de matiere à leur subtilité,
Ou de fausse couleur à leur méchanceté?
Hé qui sçait s'ils n'ont point desseigné vostre perte
Sur cette amour, par eux, malgré nous descouuerte?

MUSTAPHA.

Ce seroit là vrayment vn detestable tour,
De faire reüßir leur haine par l'amour:
J'ayme, ie le confesse (& tu connois Ormene
Quelle est à son sujet mon amoureuse peine)

La fille de Tamas, Roy de nos ennemis,
Persine, en qui le Ciel tous ses thresors a mis:
Et toutesfois (permets qu'icy ie le redie)
Bien loin de me noircir d'aucune perfidie,
Si ie ne puis enfin gaigner dessus le Roy,
Que par vn doux hymen ie dégage ma foy:
Si, dis-je, ie n'obtiens dedans cette entreprise,
Ou que par la victoire elle me soit acquise,
Ou bien mesme qu'estant des Perses surmonté,
Mon Pere me la daigne offrir par sa bonté:
Pour ne pas offenser mon Roy pour l'amour d'elle,
Pour ne la pas trahir ny rester infidelle,
Ie me türay moy-mesme, & de cette façon
Ie m'excmpteray bien de blasme & de soubçon.

ORMENE.

Seigneur, si la bonté de cette ame ingenuë,
Comme elle l'est au Ciel, en terre estoit connuë,
Ie suis bien asseuré, que ny de cette part,
Ny d'ailleurs vous n'auriez à courre aucun hazard:
Mais quoy, l'œil des mortels ne connoist pas ces choses:
Voyez donc si ie crains auec de iustes causes;
Et vous-mesme iugez combien il est besoin,
D'apporter en ce fait, de prudence & de soin.

MVSTAPHA.

J'approuue ta sagesse, Ormene, & ie l'escoute:
Mais ta peur apres tout, n'est que sur vne doute:
Si bien que ie ne puis, sans manquer au deuoir,
N'aller pas vers mon Pere apprendre son vouloir;
I'y vais, & que le Ciel m'aide si i'en suis digne.

ORMENE.

Seigneur, ne bouge, et voy qu'Adraste t'en fait signe.

SCENE CINQVIESME.

ADRASTE. MVSTAPHA. ORMENE.

ADRASTE.

AH grand Prince! fuyez cette maudite Cour,
Ou l'on a conspiré de vous priuer du iour.

MVSTAPHA.

Que veut dire, & d'où vient mon Adraste fidelle?

ADRASTE.

Du camp, ou ce malheur vous-mesme vous r'appelle.

MYSTAPHA.

L'homme ferme & constant n'a pas le pied leger,
Et ne se trouble point sans sçauoir le danger.
Apprends moy donc deuant, ce qui te met en peine.

ADRASTE.

C'est, Seigneur, en vn mot, que Rustan & la Reine,
Pour vous perdre; ont de vous en diuerses façons,
Dedans l'esprit du Roy, jetté de faux soubçons.

ORMENE.

O de ma triste peur asseurances trop grandes!

MYSTAPHA.

Mais en es-tu certain? ou si tu l'apprehendes?

ADRASTE.

Vous n'estiez pas encor de nostre camp sorty,
Que i'en fus en secret aussi-tost aduerty:
Ainsi, Seigneur, tandis que vous le pouuez faire,
Euitez promptement son injuste colere.

ORMENE.

Fuyons, mon fils, fuyons.

MVSTAPHA.

L'innocent est trop fort;
Il est inuulnerable à tous les traicts du sort.

ORMENE.

Mais qui se peut garder du venin de l'enuie?

ADRASTE.

Seigneur, c'est lascheté d'aymer par trop la vie,
Et de ne pas mourir à l'heure qu'il le faut;
Mais de mourir à tort, c'est vn pareil defaut.

ORMENE.

Ah Seigneur! Ah mon fils! par tes ieunes années,
Autrefois par mes soins tendrement gouuernées;
Par mon affection, par mon ardente foy,
Conserue toy, mon fils, & pour nous, & pour toy:
Fuys nostre perte à tous, fuys cette iniuste mere,
Fuys du traistre Rustan la malice ordinaire,
Euite la fureur de ce Pere irrité,
Et laisse auec le temps sortir la verité.

MVSTAPHA.

Non, ne differons plus, qui differe est coupable.

ORMENE.

Hé mon Fils!

ADRASTE.

Entendez vn mot irreuocable,
Que le Dieu Tout-puissant qui punit les peruers,
Tienne dessous mes pieds les abysmes ouuerts,
Si ma promesse n'est de son effect suiuie:
Il vous faut, ou regner, ou bien perdre la vie:
Mais Adraste auiourd'huy vous sauue & vous fait (Roy,
Et l'armée, & la Cour, tout est presque pour moy:
Sus donc, qu'attendons-nous? Le Destin fauorise
Ceux qui suiuent hardis vne belle entreprise.
Nous te declarons Roy: Compagnons criez tous,
Viue le ieune Prince.

MVSTAPHA.

Amis, que faictes-vous?
Plutost, plutost qu'il meure.

ADRASTE.

Ah, Seigneur, quelle rage!

MVSTAPHA.

Mais dis que c'est l'effect d'vne affection sage,

Qui desire empescher vos crimes par ma mort.

ADRASTE.

Mais ce remede seul détourne vostre sort.

MVSTAPHA.

Sans l'honneur qui vrayment est l'ame de la vie,
La vie est elle vn bien digne de nostre enuie ?

ORMENE.

Ouy, mais si Soliman vous contraint de mourir,
Et que par tout le monde il fasse apres courir
D'vne innocente fin, vne raison infame,
Vostre mort sera-t'elle honorable & sans blasme ?

MVSTAPHA.

Le Temps descouurira la verité du faict.

ORMENE.

Viuez donc, pour joüyr de cét heureux effect.

SCENE SIXIESME.

MESSAGER. MVSTAPHA. ADRASTE. ORMENE.

MESSAGER.

O Seigneur, retournez, retournez à l'armée,
Où parmy tous les Chefs la nouuelle est semée,
Que vostre teste court vn funeste danger,
Desià l'on se souleue afin de vous vanger.

MVSTAPHA.

O de tous mes mal-heurs, le mal-heur plus extresme!
Retourne! mais retourne Adraste aussi toy-mesme,
Si iamais ta bonté me daigna secourir,
Et leur dis que ie vis.

ADRASTE.

Mais que tu vas mourir.
Pensez-vous que des gens remplis de défiance,
Aux paroles d'autruy prestent si tost creance?
A peine voudront-ils s'en fier à leurs yeux,
Seul vous appaiserez leurs esprits furieux.

ORMENE.

ORMENE.

Si de ce cœur fidelle, & de ce grand courage,
Vous craignez que le Roy prenne le moindre ombrage.
Seigneur, vous iugez bien qu'il est plus à propos,
Que vous-mesme y mettiez la paix & le repos.

ADRASTE.

Seigneur, trouuez-vous pas cét aduis raisonnable?

MVSTAPHA.

Que trop; allons-y donc, ô Sort impitoyable!

Fin du troisiesme Acte.

ACTE IIII.

SCENE PREMIERE.

SOLIMAN. RVSTAN. ACMAT.

SOLIMAN.

POurquoy s'en retourner au camp si promptemẽt,
Et ne pas obeyr à mon commandement?
Non non, sa trahison n'est que trop descouuerte,
Rien ne le peut sauuer, ny retarder sa perte:
Ie veux de viue force entrer dedans son camp,
Et faire qu'il y soit puny dessus le champ.

RVSTAN.

C'est de cette façon qu'vn grand Prince doit faire:

ACMAT.

Mais non de la façon que doit agir vn Pere.

SOLIMAN.

A l'endroit d'vn tel Fils, vn Pere auec raison
Peut oublier de Pere & l'amour & le nom.

ACMAT.

Mais il faut que du moins l'humanité le touche.

SOLIMAN.

On n'en a point enuers vne beste farouche.

ACMAT.

On en a toutesfois souuent quelque pitié.

SOLIMAN.

Celuy-là soit hay qui n'a point d'amitié.

ACMAT.

Donc vn si braue Fils mourra sans qu'on l'escoute?

SOLIMAN.

Quel besoin de l'oüir si son crime est sans doute?

ACMAT.

Mais quel signe le rend criminel comme on dit?

SOLIMAN.

Quel indice veux-tu plus clair que cét escrit?

ACMAT.

Par ma fidelité qui vous est si connuë,
Par mon affection & si pure & si nuë:
Daignez, Sire, prester l'oreille à ce propos,
Par ou ie remettray vostre esprit en repos.

SOLIMAN.

Parle donc, ie veux bien te donner audiance.

RVSTAN.

Le moindre delay, Sire, est de grande importance.

ACMAT.

Ie ne veux point icy repeter les raisons,
Qui le font croire exempt de telles trahisons.
Ie ne propose point quelque autre coniecture,
Qui me fait soubçonner la lettre d'imposture:
Et que vous entendrez, Seigneur, tout à loisir,
Lors que vous en aurez le temps & le desir,
Ie dis, que comme c'est vne subtile ruse,

Et dont entre ennemis le plus souuent on vse,
Peut-estre cét escrit vint de nos ennemis
A dessein seulement d'estre en vos mains remis:
Pour rendre vostre Fils suspect par cette adresse,
Et renuerser sur nous l'embusche qu'on leur dresse,

RVSTAN.

L'interprete subtil

ACMAT.

Veritable pourtant:
Mais, Sire, ces soldats que l'on redoute tant,
Et par qui Mustapha vous doit faire la guerre,
Où furent-ils leuez? & quel lieu les resserre?
Puis que vos espions, qui vont par tout rodant,
N'en ont peu découurir aucun signe euident,
S'il est vray que ce soit vne inuisible armée,
Pour moy, ie la croiray de fantosmes formée,
Et qui, si vous daignez y jetter seulement
Vn des moindres rayons d'vn si clair iugement,
Disparoistront bien-tost comme dans les lieux sombres,
A l'aspect du Soleil, disparoissent les ombres:
Vous verrez que ce camp qui nous fait tant de peur
N'est qu'vn camp fabuleux, chimerique & trompeur,

RVSTAN.

Sire, encore vne fois ie declare & proteste,
Que puis que nous voyons le crime manifeste,
C'est auecques danger, mais danger tres-pressant,
Que l'on s'efforce en vain de le rendre innocent.
A quoy bon recourir aux fantosmes, aux fables,
Ayant entre nos mains des preuues si palpables?
Mais puis que le fait touche à vostre Maiesté,
C'est la raison qu'on suiue icy sa volonté.

SOLIMAN.

En effet, cher Acmat, ie ne vous dois pas croire,
Apres ce que je voy d'vne action si noire:
C'est pourquoy ne pouuant demeurer asseuré,
Et laisser impuny ce fils dénaturé,
Ie veux que les horreurs de sa mort criminelle,
Apprennent à chacun à m'estre plus fidelle.

ACMAT.

O Sire! qu'il souuienne à vostre Majesté,
Du mal qui peut venir d'vn conseil trop hasté.
Faut-il qu'vn Roy si sage, & si plein de clemence,
Condamne à mort son Fils sans oüyr sa deffence!

Son Fils, dis-je, ô doux nom! qui marque le lien
Que la Nature a mis de vostre sang au sien.
Les escadrons des Roys, & leurs puissans asyles,
Sont au prix des enfans des forces trop debiles.
Quand le meilleur amy nous quitte & cede au temps,
Seuls parmy les mal-heurs ils demeurent constans:
C'est pour eux que le Ciel pouruoit à nos dommages,
De nous-mesmes ils sont les viuantes images.
Donc sans respect de vous, ny de son amitié,
Peut-estre sans raison, mais tousiours sans pitié:
Souffrirez-vous, Seigneur, que la fureur vous porte,
Iusqu'à faire perir vostre Fils de la sorte,
Sans qu'il se iustifie, ou demande pardon?
Puis que mesme il deuroit obtenir vn tel don.
Que d'vn Roy genereux la vengeance est bannie,
Et qu'vne ame bien née est tousiours mieux punie,
Et reçoit de sa faute vn plus seur chastiment
Quand on remet sa peine à son ressentiment.
Enfin que la douceur est d'autant plus loüable,
Plus on peut conceuoir vn courroux équitable.
Sire, vous estes Roy, les Roys ce sont des Dieux
Qui pardonnent sur terre, ainsi que l'autre aux Cieux.

RVSTAN.

Ny les Dieux d'icy bas, ny les puissances hautes

Ne nous pardonnent pas toute ſorte de fautes:
Mais comme ſon diſcours donne au Roy du ſoucy :

ACMAT.

Seul, vous deuez, Seigneur, vous conſulter ainſi,
Vous ne ſçauriez auoir vn Conſeiller plus ſage.

RVSTAN.

Termine deſormais cét importun langage,
Et ſonge pour le moins que commettre vn forfait,
Ou le deffendre trop, c'eſt le meſme en effect.

ACMAT.

Ie n'apprehende rien, car aupres de mon Maiſtre,
Et mon zele, & ma foy ſe font aſſez pareſtre.

SOLIMAN.

O Fils!

ACMAT.

Seigneur, voicy venir la verité.

RVSTAN.

Et de tous mes dangers, le moins premedité.

SCENE II.

SCENE DEVXIESME.

SOLIMAN. DEVIN. RVSTAN. ACMAT.

SOLIMAN.

TOy, qui dedās les Cieux, de l'esprit te promenes,
Où tu lis le secret des volontez humaines,
Dy moy la verité de cette trahison.

DEVIN.

La trahison est vraye, & faite sans raison.

RVSTAN.

Sire, que faut-il plus?

DEVIN.

Mais le traistre se cache,
Et couure auec son nom, vne action si lasche,
Qui non plus que son nom ne se cognoistra pas,
Qu'apres l'euenement de son iuste trépas.

RVSTAN.

Dieu! qu'est-ce qu'il veut dire!

SOLIMAN.

Et pourtant cette létre
M'apprend la trahison, auec le nom du trêtre?

DEVIN.

Cette lettre, de vray, monstre assez le forfait;
Mais ne declare pas le nom de qui l'a fait;

SOLIMAN.

Comment?

RVSTAN.

Ie suis perdu.

SOLIMAN.

De quelle part vient elle?
Et n'apprend elle pas vne embusche mortelle?

DEVIN.

Cét escrit que tu tiens, & qui t'emplit d'effroy,
S'addressant à ton Fils, ne regardoit que toy.

RVSTAN.

Ouy, Sire, il regardoit vostre seule Couronne.

ACMAT.

Plustost ne s'adressoit qu'au Roy mesme en personne.

SOLIMAN.

Responds moy seulement encore sur ce point,
Est-il vray que mon Fils au Persan se soit joint?

DEVIN.

Bien plus que tu ne crois, & sans estre coupable.

SOLIMAN.

Comment se fait cela?

DEVIN.

Mon dire est veritable:
Mais ie ne sçaurois pas t'expliquer clairement,
Ce que ie n'apperçoy qu'en ombre seulement;
Le reste surpassant mon humaine foiblesse,
Demeure enseuely dans vne nuit espaisse.

RVSTAN.

Puis qu'on ne t'entend point, ne dis mot, & vas-t'en;
Tu rends le Roy resveur.

DEVIN.

Oüy i'obeys, Rustan:

Mais si ie pars, tousiours le Ciel sur toy demeure,
Et parlera pour moy, deuant qu'il soit vne heure.

SOLIMAN.

Ie suis plus que iamais incertain & pensif:
Mais que veulent ces gens auecques ce captif?

RVSTAN.

Fascheux retardement.

SCENE TROISIESME.

PERSINE. SOLDATS. SOLIMAN. ACMAT. RVSTAN.

PERSINE.

Heureux subiect de joye,
Puis que ie puis aussi mourir par cette voye.

SOLDATS.

Sire, ce prisonnier Persan de nation,
Vient pour vous éclairçir de son intention.

SOLIMAN.

C'est sans doute, Rustan, quelqu'vn de ses complices.

RVSTAN.

Il faut qu'il le confesse au milieu des supplices.

ACMAT.

Dieu qu'est-ce cy!

SOLIMAN.

Comment l'auez-vous arresté?

SOLDATS.

Faisant garde, & rodant autour de la Cité,
Nous le vismes de loin comme hors de luy-mesme,
Les yeux estincelans, & le visage blesme;
Et creusmes aussi-tost qu'il couuoit en son sein,
Ou venoit d'acheuer quelque mauuais dessein.
Apres nous estre enquis de cent choses diuerses,
Il nous dit qu'il estoit vn espion des Perses;
Et sans nous resister il fut conduit icy.

SOLIMAN.

Ieune homme, auoüez-vous ce que dit celuy-cy?

SCENE QVATRIESME.

ALVANTE. SOLIMAN. RVSTAN. PERSINE. ACMAT. SOLDATS.

ALVANTE.

ELLE est entre leurs mains, ô Ciel quelle disgrace!

SOLIMAN.

Responds-moy donc: Es-tu de Perse, ou bien de Thrace?

PERSINE.

Importune frayeur, & qu'est-ce que ie crains?
La mort que i'apperçoy si belle entre leurs mains?
Pourquoy trembler? Je suis de Perse & non de Thrace.

RVSTAN.

Voyez comme il respond, & qu'il est plein d'audace!

SOLIMAN.

Et de plus Espion?

PERSINE.

Vous l'auez entendu.

ALVANTE.

Ah fille mal-heureuse! hé Dieu! tout est perdu.

SOLIMAN.

Tu mourras.

ALVANTE.

Ah Seigneur!

PERSINE.

Que veux-tu faire Aluante?

RVSTAN.

Quelle est de ce vieillard l'entreprise insolente!

ALVANTE.

De grace, par ces pleurs qui baignent tes genoux,
Daignes, puissant Seigneur, surmonter ton courroux,
Et ne vueilles priuer du iour vne personne,
Qui peut pour sa rançon t'offrir vne couronne.

SOLIMAN.

Cette affaire n'est pas de petit interest:
Leue-toy, bon vieillard, & m'apprends donc qui c'est.

PERSINE.

Ne dis rien, ou du moins secondant mon enuie,
Ne dis que ce qui peut me faire oster la vie.

ALVANTE.

Seigneur, sans vous tenir plus long-temps en soucy,
La fille de Tamas, Persine, la voicy,

PERSINE.

O par trop pitoyable, & trop cruel Aluante.

ALVANTE.

Seigneur, comme ie voy, ce mot vous espouuante:
Mais i'ay dit toutesfois la pure verité.

SOLIMAN.

Toy Persine!

PERSINE.

A ce mot, si ton cœur irrité
De ma perte, conçoit vne plus forte enuie,
Il est vray, ie la suis, arrache moy la vie.

ALVANTE.

Seigneur considerez.

PERSINE.

Que fais-tu?

ALVANTE.

Ces cheueux
Qu'elle serre au dedans entortillez par nœuds:

SOLIMAN.

Mais quelle occasion en ce pays t'ameine?

AL-

ALVANTE.

Seigneur, ie le diray.

PERSINE.

La naturelle hayne
Que contre ta personne, & contre tous les tiens,
Dans ce cœur genereux de tout temps i'entretiens,
Est l'vnique suiet qui m'ameine en Syrie,
Pour te faire sentir l'effet de ma furie.
Doncques que veux-tu plus, & qu'est-ce qu'on attend?
I'ay merité la mort, que differes-tu tant?

ALVANTE.

Seigneur, le vray subiect, & quelle a voulu taire,
Est tel qu'il esteindra toute vostre colere;
C'est l'amour qu'elle porte au Prince vostre aisné,
Soubs la foy de l'hymen entr'eux deux destiné.

PERSINE.

Que tu me fais de tort!

SOLIMAN.

Dieu que viens-ie d'entendre!

RVSTAN.

Voilà cet innocent qu'Acmat vouloit deffendre!

Le crime est aueré, Sire, n'en doutons point,
Voila comme ce fils auec le Perse est ioint,
Voilà sa trahison.

ACMAT.

Dieu la triste auanture!

SOLIMAN.

Ie le reconnois trop, ah fils contre nature,
Et vous, dans peu de temps vous sçaurez, scelerats,
De quels maux ie punis de pareils attentats.

ALVANTE.

O deplorable Sort!

SOLIMAN.

Soldats, qu'on me l'emmeine,
Dans vn obscur cachot en attendant sa peine;
Et toy, vieillard, suy moy, tu seras mis aux fers.

ALVANTE.

O Persine.

PERSINE.

O tourmens d'vne main douce offers!

SCENE CINQVIESME.

SOLDATS. PERSINE.

SOLDAT.

Madame, de vos maux i'ay si fort l'ame attainte,
Et fay ce triste office auec tant de contrainte,
Que si l'on auoit mis l'vn & l'autre à mon choix,
Ie choisirois plustost de mourir mille fois.

PERSINE.

Quelle pitié tardiue amollit ton courage!

SOLDAT.

Vos beautez, vostre rang, vostre sexe, & vostre âge,
Que vous faites reluire auecques tant d'éclat,
Me touchent vous voyant reduite en cét estat:
Mais ce qui plus que tout sensiblement me presse,
C'est que de Mustapha vous soyez la Maistresse.

PERSINE.

Ah tais-toy, mon amy, de semblables propos

Bien plus que tu ne crois, nuisent à mon repos.
Sçaches que le subiet qui fait que tu m'estimes
Indigne de ces maux, les rend seul legitimes:
Mais que voy-je bon Dieu! de grace mes amis,
Qu'vn moment de delay me soit icy permis;
Souffrez que ie reproche à qui m'oste la vie,
Qu'il a ce qu'il desire, & qu'elle m'est rauie:
C'est Mustapha qui vient, laissez moy voeir à luy,
Que de quelques propos i'allege mon ennuy,
Et si ie n'en sçaurois tirer d'autre vengeance,
Que ma langue du moins punisse son offence.

SOLDAT.

Amour, Maistresse, mort, vangeance, deplaisir;
Mais soit ce qui pourra; i'accorde ton desir.

PERSINE.

Ah veuë! ah fier aspect! ah cruel homicide!
Et ce qui passe tout, homme ingrat & perfide!
Dieu! comme le venin qui de son sein glacé
Tout froid, iusqu'en mon cœur, par mes yeux a passé,
Me saisissant la langue & le pied tout ensemble,
Oste la voix à l'vne & fait que l'autre tremble.

SCENE SIXIESME.

MVSTAPHA. PERSINE. SOLDAT.

MVSTAPHA.

Vas t'en, & si quelqu'vn venoit dessus mes pas,
Enioins-luy de ma part de ne me suiure pas;
Et luy dis qu'aimant mieux vne mort glorieuse,
Que de viure vne vie à mon Prince odieuse,
Ie retourne à la Cour pour auoir le bon-heur
D'immoler s'il le faut ma teste à mon honneur:
Mais afin que mon Pere auec plus d'asseurance
Sur ce flanc desarmé lise mon innocence,
Emporte cette espée, & vas pres de la Tour,
Ou si tu veux, au camp, attendre mon retour.

PERSINE.

Que les armes par toy sont iustement quittées,
Puis qu'elles en estoient indignement portees!
Qu'à bon droit tu deffends qu'on ne te suiue pas,
Ferois-tu bien le Prince ayant le cœur si bas?
Mais quitte aussi le iour, où dedans les boccages,
Vas te cacher parmy les Ours les plus sauuages,

Comme eux impitoyable, & sans aucune foy.

MVSTAPHA.

Veillé-ie, ou si ie dors! Dieu! qu'est-ce que ie voy!
Est-ce vne chose vraye! ou si c'est quelque songe,
Dont mon desir m'abuse auec vn doux mensonge!

PERSINE.

Non, ces liens ne sont ny mensongers, ny faux,
Tu me vois endurer de veritables maux,
Et la mort qui bien tost finira ma misere,
Ne sera point non plus fausse ny mensongere:
Doncques resioüis-toy, superbe, déloyal,
Et qui foules aux pieds vn cœur de sang royal:
Contemple auec plaisir dans vne chaisne infame,
Et qui n'attend sinon l'heure de rendre l'ame,
Celle dont tu receus la lumiere du iour,
Et qui fut pour toy seul dans les liens d'amour.

MVSTAPHA.

C'est sans doute elle mesme! ô Dieu! troupe barbare!
Hé comment traitez-vous vne beauté si rare!

SOLDAT.

Le Roy, braue Seigneur, l'a mise entre nos mains,

Iugez par là du reste.

MVSTAPHA.

O Destins inhumains!
En quel estat apres vne si longue perte,
Maintenant à mes yeux, par vous est-elle offerte!
Persine prisonniere! & pour tout reconfort,
Persine n'attendant que l'heure de la mort!
Persine qui pourroit retenir asseruie
Des Rois les plus puissans, la franchise & la vie!
Et pourquoy m'accuser de manquer à ma foy,
Moy qui n'aimay iamais, & qui n'ayme que toy?

PERSINE.

Tu ne te crois donc pas assez abominable
Si tu ne feins encor de n'estre pas coupable?
Que pretens-tu par là? d'accroistre mes ennuis?
Tu ne le sçaurois plus en l'estat où ie suis;
Ou si craignant d'en haut vne iuste vengeance,
Tu veux dissimuler & nier ton offence,
Et penses comme à moy pouuoir cacher aux Cieux,
Ce qu'ils n'ōt que trop veu pleins de lumiere & d'yeux?
Non, non, n'espere pas leur cacher ton offence,
Et sçaches qu'ils prendront eux-mesme ma deffence.

Qu'auec les Elemens l'Vniuers me haïsse,
Et pour me souhaitter vn plus rude supplice,
Que Persine elle mesme ait pour moy de l'horreur,
Si iamais mon esprit conceût tant de fureur,
Et si dedans ce cœur qui garde ton image,
Mon amour ne te rend vn eternel hommage ;
Que ne penetres-tu dedans mes sentimens !
Que ne vois-tu Persine en ce cœur si le mens !

PERSINE.

Quand tu m'en donnerois vne entiere asseurance,
Que me peut desormais seruir ton innocence,
Puis qu'elle ne sçauroit me sauuer du trespas.

MVSTAPHA.

On respectera plus de si diuins appas,
Et quand tant de beauté ne te pourroit deffendre,
Si quelqu'vn doit mourir, I'ay du sang à respandre.

Fin du quatriesme Acte.

ACTE V.

SCENE PREMIERE.

MVSTAPHA, & PERSINE, conduits au supplice.

MVSTAPHA.

Faut-il donc que ce fer, trop aimable Persine,
Se monstre si cruel à ta beauté diuine,
Et que nos cœurs vnis par l'Amour & le Sort,
Soient separez du coup d'vne si dure mort?
Mais pourquoy n'est-on pas content de mon supplice,
Sans que cette Princesse auecque moy perisse,
Qui ne peut en viuant donner aucun ennuy,
Ny s'vsurper la gloire ou le Sceptre d'autruy?
Ne reconnoist-on pas quelle est son innocence?
Si ce n'est que l'amour ait causé son offence.

PERSINE.

Mais plustost ce visage est luy seul criminel,
Et digne que ie souffre vn supplice eternel,
Puisque pour auoir eu le bon-heur de te plaire,
Il a de Soliman excité la colere.

MVSTAPHA.

Ce visage Persine a des attraits trop doux,
Pour estre le sujet d'vn si rude courroux:
Croy plutost que le Ciel jaloux des belles flames
Où s'alloient consommant nos innocentes ames,
Et dont nous receuions dans vn paisible accord
Des biens qu'on ne sçauroit gouster qu'apres la mort;
Le Ciel, dis-je, sur nous deschargeant son enuie,
A luy mesme entrepris de nous oster la vie:
Mais mourons constamment, & faisons voir ce iour
Qu'on nous peut bien oster la vie, & non l'amour.

PERSINE.

Que ce soit, cher Amant, ou le Ciel ou la Terre
Qui nous liure auiourd'huy cette funeste guerre,
I'en deteste l'autheur, mais la cause m'en plaist,
Et i'en benis l'effet tout iniuste qu'il est.

MVSTAPHA.

Auançons donc, Persine, & courons auec joye,
Où par arrest du Ciel vn Pere nous enuoye ;
Et puis qu'on nous deffend de nous joindre autrement,
Qu'en allant l'vn & l'autre ensemble au monument ;
Allons mourir ensemble, & qu'au moins en ce mond
Nostre sang dans la mort se mesle & se confonde.

SCENE DEVXIESME.

LA REINE. SELINE.

LA REINE.

SEline, c'en est faict, son arrest est donné,
On va faire mourir ce Prince infortuné.
O Dieu quelle pitié dans moy se renouuelle !
Ie suis donc l'instrument d'vne mort si cruelle !

SELINE.

La raison, le deuoir, les loix de l'amitié,
Vouloient que vous eussiez de vous-mesme pitié.

LA REINE.

Mais il meurt innocent.

SELINE.

Il deuiendroit coupable,
Empescher de faillir c'est estre charitable.

LA REINE.

Quoy doncques des soupçons legers & sans raison,
Auront peu me resoudre à cette trahison!
Non, ie ne puis souffrir ce reproche en mon ame,
Ie veux tout declarer.

SELINE.

Gardez-vous-en, Madame,
Si vous vous accusez, vous attirez sur vous,
Du iuste Soliman, la haine & le courroux.

LA REINE.

N'importe.

SELINE.

Parlez bas, car nous serions perduës,
Si celuy-cy qui vient nous auoit entenduës.

SCENE TROISIESME.

ORMENE. LA REINE. SELINE.

ORMENE.

POssediez-vous, Madame, vn eternel bon-heur,
Comme vous ferez grace à mon fils & Seigneur:
Car lors que vous sçaurez vn secret d'importance,
Vous vserez sans crainte enuers luy de clemence:
Mustapha maintenant a les Cieux ennemis,
Non point comme ie croy, pour mal qu'il ait commis:
Mais parce qu'il n'est pas de royale naissance,
Pour heriter du Sceptre & regner dans Bisance,
Encor qu'en ce point mesme il soit net de peché,
Et que iusques icy ce fait luy soit caché:
I'ay tousiours reserué ce secret dans mon ame,
Depuis qu'il fut enfant esleué par ma femme:
Mais le voyant helas! si proche de la mort,
I'ayme encor mieux qu'il viue, & renonce à son sort.

LA REINE.

Ce que tu dis, vieillard, me surprend & m'estonne:

Mustafa ne pourroit pretendre à la Couronne:
Et n'est-ce pas celuy que trois iours iustement,
Deuant les premiers cris de cét enfantement,
Ou de mon aisné mort ie pleuray la disgrace,
Mit pour ma perte au iour, la Sultane Circasse?

ORMENE.

Le iour que vostre aisné dans le monde parut,
Le mesme iour, le fils de Circasse mourut:
Elle qui sur ce fils éleuoit son courage,
Craignant que ce trépas ne causast son dommage,
Afin de reparer cette injure du sort,
Me pria de chercher vn viuant pour le mort:
C'est celuy que depuis la subtile Circasse
Fit croire à Soliman de son illustre race;
Bien que de fort bas lieu sans doute il soit venu,
Et que ie l'eusse pris du premier inconnu,
Qui le debuant porter au loin dans vne ville,
Dont la mer qui la ceint rend l'abord difficile,
Consentit aisément à s'en veoir deliuré,
Moyennant cent sequins qu'alors ie luy liuray
Auecques l'enfant mort qu'il mit en sepulture.

LA REINE.

Ciel! estoit-ce donc luy! l'auare! le parjure!

Doncques

Doncques tant de joyaux qu'il receut lors de moy
Ne purent l'obliger à me garder sa foy!
Mais dy-moy bon vieillard, toy qui dés sa naissance,
As de ce ieune Prince entiere connoissance,
Toy, dis-je, dont les soins furent creus suffisans,
Pour esleuer la fleur de ses plus tendres ans,
N'as-tu point sur son corps apperceu quelque marque?

ORMENE.

Le Ciel vouloit qu'vn iour il fust nostre Monarque;
Aussi pour cét effet receut-il en naissant
Sur le bras droit, vn signe en forme de Croissant.

LA REINE.

C'estoit mon propre fils! & celuy de Circasse
L'enfant mort qui fut mis au sepulchre en sa place;
Naissant ie le perdis par trop de pieté;
Maintenant ie le perds par ma credulité.
Ie suis en son endroit doublement criminelle,
Pitoyable autrefois, & maintenant cruelle:
Car sçaches, bon vieillard, que l'on croit faussement,
Que mon premier enfant soit dans le monument:
Ie feigny cette mort pour luy sauuer la vie,
Craignant que par Circasse, elle luy fust rauie,

Qui ne pouuoit souffrir (mais tu la connus bien)
De voir à Soliman d'autre enfant que le sien.
Ainsi pour euiter son embusche mortelle,
Ie voulus pratiquer cette ruse nouuelle,
Et i'enuoyois mon fils loin d'elle & du danger,
Dans vne place forte auec cét estranger,
Qui deuant que partir me donna (chose estrange)
L'autre enfant mort du Roy qu'il eut par ton eschãge,
Et qui sous vn destin plus heureux & plus beau
Fut pour mon propre fils porté dans le tombeau,
De mesme que du Ciel la sagesse profonde
T'adressa vers celuy que i'auois mis au monde,
Afin que tous les deux, le viuant, & le mort,
Fussent creus fils du Roy, mesme malgré leur sort.

ORMENE.

O prodige!

SELINE.

O merueille!

LA REINE.

Allons donc tout à l'heure
Empescher si ie puis que mon cher fils ne meure,
Et si l'ayant trouué ie le pers auiourd'huy,
Moy-mesme ie mourray de regret & d'ennuy.

SCENE QVATRIESME.

SOLIMAN. ACMAT.

SOLIMAN.

IE sens, fidelle Acmat, vne pareille crainte
A celle dont i'auois ce matin l'ame attainte:
Les mesmes mouuemens, et la mesme terreur
Confondent mes esprits de tristesse et d'horreur.
O Dieu que dans nos cœurs la Nature est puissante!
Tout coupable qu'il est, son trespas m'épouuante.

ACMAT.

Ah Seigneur! cette horreur que vostre ame ressent,
Montre que Mustapha sans doute est innocent:
Sire, encore vne fois, au nom de la Nature,
Escoutez sa deffence, Acmat vous en conjure:
A la perte d'vn Fils qu'on ne peut reparer
Vn Pere sçauroit-il iamais trop differer?
Mais Dieu! voicy la Reyne & Rustan qui l'arreste,
A quelque autre dessein leur malice s'appreste.

SCENE CINQVIESME.

RVSTAN. LA REINE. SOLIMAN. ACMAT. ORMENE.

RVSTAN.

Mais Madame, escoutez;

LA REINE.

Ie t'ay trop escouté:
Ta trahison aura ce qu'elle a merité.
Non, toutes ces raisons ne m'en peuuent distraire.
I'apperçoy Soliman.

RVSTAN.

Hé! que pensez-vous faire?

LA REINE.

Seigneur, c'est à moy seule

RVSTAN s'enfuit.

O Ciel, ie suis perdu!

LA REINE.

A qui de Mustapha le chastiment est deu ;
Ma mort plus que la sienne, est iuste et legitime,
Et seule contre vous, i'ay peu commettre vn crime,
Puis que i'ay conspiré contre mon propre sang,
Et ruyné celuy qui sortit de ce flanc :
Ie suis de Mustapha la veritable mere,
Et que cecy, grand Prince, appaise ta colere ;
Quel autre chastiment me peut estre donné,
Qui ne cede aux tourmens dont i'ay l'esprit gesné ;
Marastre que ie suis horreur de la nature !
I'ay de mon propre fils creusé la sepulture.

SOLIMAN.

Mustapha vostre fils !

LA REINE.

Ouy, Sire, asseurément.
Ce vieillard me l'enseigne, & vous sçaurez coment :
Cependant de Rustan l'ambition couuerte
M'a fait iniustement trauailler à sa perte,
Et ietter dans l'esprit de vostre Majesté
Des soupçons esloignez de toute verité :
Ou souffrez donc, Seigneur, qu'auec luy ie perisse,
Ou que i'aille à l'instant le tirer du supplice.

SOLIMAN.

O Ciel ! qu'ay-je entendu ! Courez, Courez Soldats;
Que son funeste arrest ne s'exécute pas.

ACMAT.

O doux commandement !

ORMENE.

O bien-heureux Ormene !

SOLIMAN.

Mais i'apprehende fort que leur course soit vaine.

LA REINE.

Seigneur, j'auois desia de moy-mesme mandé,
Que son supplice fust quelque temps retardé,
Craignant qu'on ne courust trop tard à sa deffence,
Quand vostre Majesté sçauroit son innocence.
Mais, Seigneur, accordez au Zele tout puissant,
Que pour son propre sang vne mere ressent,
Que ie coure moy-mesme aussi le reconnestre,
Et que i'aille embrasser celuy que i'ay fait naistre.

SOLIMAN.

Allez, Madame, allez, & l'amenez icy.

SCENE SIXIESME.

SOLIMAN. ACMAT.

SOLIMAN.

IE ne puis rien comprendre à tout ce discours cy!
Car si de Mustapha l'innocence est si grande,
Que veut dire l'escrit que l'ennemy luy mande?
Encor qu'en tout le reste on ait peu m'abuser,
En cecy pour le moins n'a-t'on sceu m'imposer;
Car voilà de Tamas la propre signature:
C'est son propre cachet, c'est sa propre escriture!

ACMAT.

La Reyne qui seruit d'instrument au forfait,
Seigneur, éclaircira la verité du fait:
Mais vous n'ignorez pas auecque quelle ruse
Ce traistre sçait charger l'innocent qu'il accuse;
Et vous auez peu veoir comme au premier accent,
Que la Reyne a formé par ce fils innocent,
Le perfide a iugé sa trame descouuerte,
Et s'est mis à fuyr asseuré de sa perte;

Ce qui declare assez qu'il n'ose se fier
A l'escrit qui pourroit seul le iustifier.

SOLIMAN.

De mon Fils Mustapha l'innocence auerée;
Au perfide Rustan la mort est asseurée;
Mais vn autre sujet de mon estonnement,
C'est que ie ne puis voir par quel euenement,
Mustapha pourroit estre aussi fils de la Reyne,
Quoy qu'auecques plaisir, certes i'en suis en peine.

ACMAT.

Cecy pareillement me rend fort estonné,
Car son aisné mourut aussi-tost qu'il fut né.

SOLIMAN.

Mais personne ne vient; helas! que i'apprehende
Qu'on ait executé ce que l'arrest commande;
Ah Dieu! s'il est ainsi qu'on l'execute à tort,
Puis-je mourir apres d'vne assez rude mort.

ACMAT.

Seigneur voicy la Reyne, & son Fils qu'elle embrasse.

SCENE

SCENE SEPTIESME.

LA REINE. MVSTAPHA. PERSINE. ALVANTE. SOLIMAN. ACMAT.

LA REINE.

C'Est le subject, mon Fils, d'où prouient ta disgrace,
Et sur tout de la lettre ? Il ne te reste plus
Qu'à te iustifier au Prince, là dessus.
Le voilà qui t'attend pour ouyr ta deffence.

SCENE HVITIESME.

OSMAN suruient.

O Triste desespoir ! ô diuine vangeance !
Seigneur, Rustan est mort !

SOLIMAN.

Comment ! de quelle mort ?

OSMAN.

Il a fait sur soy-mesme vn violent effort.

O

SOLIMAN.

Et pour quelle raison?

OSMAN.

Ayant veu que Madame
Accusoit sa malice, & son injuste trame,
Il est dans son logis accouru furieux,
Et d'vn coup de sa main tombé mort à mes yeux.

SOLIMAN.

Son bras a seulement preuenu ma iustice,
Et le triste appareil d'vn infame supplice;
Il eust appris le Traistre à vomir son poison
Autre-part que sur ceux qui sont de ma maison.

LA REINE.

Ainsi le Ciel luy-mesme a puny son offence.

SOLIMAN.

A ce point prés, mon fils, ie voy ton innocence,
Comment donc pourras-tu respondre à cét escrit?

OSMAN.

Seigneur, i'en puis tout seul esclaircir vostre esprit:

Espiant prés du camp, comme voulut mon maistre,
Dequoy rendre à vos yeux le ieune Prince traistre;
Des papiers deschirez s'offrent à ce desseing,
Où de Tamas estoient le cachet & le seing;
Ie les donne à Rustan, qui trop plein d'artifice
Les employe aussi-tost à ce damnable office:
Le nom du Roy Tamas d'vne aiguille il picqua,
Qu'au pied d'vn papier blanc aprés il applicqua:
Puis il seme dessus vne poudre menuë,
Mais de qui la noirceur sur le blanc retenuë,
Laisse apres à sa plume vn moyen fort aisé
De passer sur le nom qu'il auoit supposé:
Enfin le cachet mis en sa forme ordinaire,
Il trace cét escrit changeant son caractere,
Et vous le vint offrir le feignant arraché
D'vn Persan, qu'il vous dit que ie treuuay caché.

ALVANTE.

Ie fus de tout le mal l'occasion premiere,
Et seul à sa malice ay fourny de matiere;
Car au lieu de tenir ce que i'auois promis,
Ces papiers par moy-mesme en pieces furent mis,
Et pensant ruyner les amours de Persine,
Malheureux que ie suis, ie causay sa ruyne;

Car auecques l'escrit qu'elle m'auoit donné,
Estoit du Roy son Pere vn papier blanc siné.

MVSTAPHA.

Persine, vne autrefois me croirez-vous coupable?

PERSINE.

Ne deuois-je pas croire Aluante veritable,
Luy que i'auois tousiours trouué digne de foy?

MVSTAPHA.

Doncques vous le croyiez plus fidelle que moy?

LA REINE.

Seigneur, son innocence est desormais trop claire.

SOLIMAN.

Mais comment pût la Reyne ignorer ce mystère?

OSMAN.

La voyant seconder ses desseins à regret;
Il n'oza luy fier cét important secret;
Au contraire il vouloit la tromper elle-mesme,
Afin que se iugeant dans vn peril extresme,

Elle vous coniurast auecques plus d'effect,
De procurer la mort de l'autheur du forfait.

SOLIMAN.

O perfide Rustan! dont la noire malice
Meritoit les horreurs d'vn plus cruel supplice!
Quel estoit ton dessein sinon par mon erreur
Me rendre à tous les miens vn obiet plein d'horreur?
O Dieu! que dans la Cour, mesme au Throsne où nous sommes,
On doit apprehender les embusches des hommes!
Et toy, fidelle Acmat, dont la sage raison,
Tousiours de son venin fut le contrepoison:
Que tu meritois mieux l'heureux titre de gendre
De celuy dont le Fils tu sçais si bien deffendre:
Mais toy, mon Fils, pardonne à ton Pere seduit
Le funeste danger où tu t'es veu reduit;
Et dont les iustes Cieux par leur muet langage
Me donnoient ce matin vn asseuré presage;
Cela me monstre assez combien tu leur es cher,
Et que sans sacrilege on ne te peut toucher:
Aussi reconnoissant tes vertus nompareilles
Ie deuois croire moins mes yeux & mes oreilles.

MVSTAPHA.

Pere, & Roy, le meilleur & plus grand des humains,
Et ma vie & ma mort sont bien entre vos mains ;
Vous auez trop de soin de l'ame la plus basse,
Pour ne pas mesnager le sang de vostre race:
Puis de quelque façon que vint vostre courroux,
Que pouuoit-il m'oster qui ne fust tout à vous ?
Pardonnez seulement à cette belle Amante
L'excez où la porta son ardeur vehemente ;
Aussi pardonnez-moy si sans vostre congé
Dans cét amour suspect mon cœur s'est engagé,
Le plus iuste sujet de toutes mes trauerses.

SCENE NEVFIESME.

Gentil-homme, Soliman. L'Ambassadeur de Perse. La Reyne. Acmat. Aluante. Mustapha. Persine.

GENTIL-HOMME.

SEigneur, voicy venir l'Ambassadeur des Perses.

SOLIMAN.

Escoutons-le, Tamas meu d'vne juste peur
Veut renoncer sans doute à son espoir trompeur.

L'AMBASSADEVR DE PERSE.

Inuincible Seigneur, le Roy Tamas mon Maistre,
Priué du doux aspect de celle qu'il fit naistre,
Et qu'il a fait chercher par d'inutiles soins
Dedans tous les pays de son pouuoir tesmoins;
Desià desesperé de perdre en cette fille
L'appuy de sa Couronne, & l'heur de sa famille,
En fin a descouuert par la bonté des Cieux
Qu'elle estoit inconnuë arriuée en ces lieux;
Et comme si son cœur trop veritable augure
Eust pour elle preueu cette triste auanture:
Il m'a, Seigneur, exprez deuers vous deputé,
Pour la redemander à vostre Majesté:
Elle vient de courir fortune de la vie,
Seigneur, ne souffrez pas qu'elle luy soit rauie;
Quel honneur receuroit vn grand Roy comme vous,
Qu'vne ieune Princesse esprouuast son courroux?
Plustost, plustost, Seigneur, dissipez ces tempestes,
Qui s'en vont fondre en Perse & menacent nos testes,
Et puis que nous voyons le port nous estre ouuert,
Que vostre Majesté nous y mette à couuert.
Il semble qu'en ce iour le Ciel & la Fortune
Offrent l'occasion à nos vœux opportune:

L'occasion est fiere, elle hayt le refus;
Vne fois méprisée elle ne reuient plus :
C'est elle qui vous prie au nom du Diadéme,
Au nom du Roy Tamas, mais au nom de vous mesme,
D'embrasser le repos, & pour vous, & pour luy,
Que la faueur du Ciel vous presente aujourd'huy:
Vous sçauez trop, Seigneur, de quelles belles flames
Se sentent consommer ces genereuses ames,
Donnez à leur ardeur seulement vostre aueu,
Et nos feux aussi-tost s'esteindront par ce feu :
Car i'ay charge, Seigneur, de vous rendre les terres
Qui causent parmy nous de si cruelles guerres,
Au cas que cét Hymen de mon Roy souhaitté
Ayt aussi l'heur de plaire à vostre Majesté.
Je veux que vous soyez certain de la victoire;
Jcy, Seigneur, la paix vous dónne autant de gloire,
Et puis dés à present mon Prince vous remet,
Ce qu'apres vn long temps vostre espoir vous promet.

SOLIMAN.

Quãd ces raisons sur moy n'auroiẽt point de puissance,
En faueur de mon fils, i'vserois de clemence;
Ouy, i'accorde la paix, & ie veux dés ce iour
L'arrester entre nous par des liens d'amour;

Je veux que Mustapha joint auecque Persine,
Couppe de tous nos maux la source & l'origine.

L'Ambassadeur de Perse.

A quel bon-heur mon Roy se void-il esleué!

LA REINE.

O fils heureusement aujourd'huy retrouué!
Que tu rends desormais ta mere fortunée!

ACMAT.

Que du sein de la mort sort vn bel hymenée!

ALVANTE.

Que les Cieux sçauent bien nos fautes reparer!
Ie les ay reünis, les voulant separer!

MVSTAPHA.

La valeur du bien-fait & l'action est telle,
Qu'elles meritent, Sire, vne grace immortelle;
Et si ie ne croy pas qu'vn tel remerciment
Pûst encore estre égal à mon ressentiment:
Mais quelle triste nuë obscurcit ton visage?
Persine, fuyrois-tu cét heureux mariage?

Ou si te ressentant de ton premier courroux,
Tu m'estimes coupable, & me hays pour espoux?

PERSINE.

Plustost ton innocence est tout ce qui me trouble:
Par elle, mon erreur s'augmente & se redouble;
Si bien que ie me iuge indigne de l'honneur
Que me fait maintenant nostre commun Seigneur.

SOLIMAN.

Finissez ces debats, et que chacun s'appreste
A bien solemniser cette amoureuse feste.
Retournons là dedans; où Madame à loisir,
Doit touchant Mustapha contenter mon desir;
Apres, nous songerons à quitter cette terre:
Persine valoit bien toute seule vne guerre.

FIN.

www.ingramcontent.com/pod-product-compliance
Ingram Content Group UK Ltd.
Pitfield, Milton Keynes, MK11 3LW, UK
UKHW020323250726
13967UKWH00004B/1824

9 782013 089449